JN319283

隠し事ができません

Sachi Umino
海野幸

CHARADE BUNKO

Illustration

イシノアヤ

CONTENTS

本作品の内容はすべてフィクションです。
実在の人物、団体、事件などにはいっさい関係ありません。

扉を開けた途端迫ってきた熱気と喧騒《けんそう》に、束の間《つかま》その場で棒立ちになってしまった。居酒屋で薄着の男女が顔を赤らめて酒を飲む光景に、夏が来た、と唐突に気づかされて頰が緩む。夏目《なつめ》は冬より、断然夏の方が好きだ。身軽でいい。

歩き出すとすぐ通路脇の席から煙草《たばこ》の煙が噴き出して視界が白く曇った。とっさに暖簾《のれん》を潜《くぐ》るように身を屈《かが》めてしまい、こんなことで避《よ》けられるはずもないかと我に返る。

店のサンダルをぺたぺたと鳴らしながら皆の待つ席へ戻り、飲み過ぎだな、と緩んだ頰を手の甲で打つ。

散髪に行く機会を逃し続け、すっかり伸びてしまった髪はそろそろ完全に肩に届く。夏の夜の蒸し暑さをそのまま吸い込んだような店内ではあっという間に首の後ろが汗ばんで、手首に通していたゴムで後ろ髪を一本に縛った。半端な長さなので前髪はばらばらと頰に落ちてきてしまうが、首の後ろを風が吹き抜け、気分がいい。鼻先を調子外れな歌が掠《かす》め、夏目は鼻歌と一緒に自分を笑い飛ばす。

(誕生会で大はしゃぎって、子供か俺は)

座敷に戻ると、二つ並んだ長テーブルを囲んで研究室のメンバーが酒を飲んでいた。食べているものも顔を向けている方向も皆てんでバラバラだが、揃《そろ》って馬鹿みたいに大口を開けて笑っている。研究室の飲み会といっても教授はおらず、ほとんどが四年生だ。院生は夏目と、同学年の田島《たじま》の二人しかいない。

六月最後の金曜日、突然飲みに行かないかと後輩たちに誘われたときは驚いた。普段夏目は院生室にこもりっぱなしで、あまり後輩たちとのつき合いがいいとは言えない。大きなイベントの終わりというわけでもなく、むしろそろそろ前期試験の準備を始めるべきこの時期に飲み会というのも妙なタイミングだと思った。

田島も行くというので店まで来てみたら、座敷に上がるなり後輩たちからいっせいに『夏目愁《しゅう》先輩、誕生日おめでとうございます！』の大合唱を受けた。

夏目の誕生日は三日前。どうして後輩たちがそれを知っているのかと目を丸くしていたら、先に座敷に上がった田島に目配せされた。どうやら田島が教えたらしい。

夏目が在籍している期間を振り返ってみても、これまで研究室で誰かの誕生日を祝ったことなどなく、どうして後輩たちが自分相手にサプライズめいたことをしてくれたのかはさっぱりわからなかったが、こんなふうに祝われて嬉《うれ》しくないわけもない。

座敷に戻った夏目は、ガキ臭い、と自分に苦笑しながら長テーブルの一番端に足を向ける。席を立つ前と同じく、そこには田島と、四年生の秋吉圭介《あきよしけいすけ》が相向かいで座っていた。

先に夏目に気づいたのは通路側に顔を向けていた秋吉だ。わずかに田島を制するようなそぶりを見せたと思ったら、たちまち田島も振り返り、眼鏡《めがね》の奥で目を見開く。少し驚いたような顔をされた意味がわからず首を傾《かし》げると、田島は直前の表情を隠すかのように目元に柔和な笑みを浮かべた。

「お帰り。遅いからトイレで寝てるのかと思った」

「寝るか。それより、なんの話してたんだ？」

テーブルの端、世に言うお誕生日席に腰を落ち着け、右手に田島、左手に秋吉を見ながら尋ねると、田島は悪戯《いたずら》っぽく片目をつぶった。

「夏目には秘密」

「なんだよそれ？　秋吉、なんの話してた？」

秋吉は大柄な体を緩く曲げ、長身に見合った大きな手でハイボールの入ったグラスを包む。普段からあまり口数の多くない秋吉は、田島のように茶目っ気たっぷりに片目をつぶることもなく、至って真面目な表情でぽつりと言った。

「先輩には秘密です」

低い声は店内の喧騒に呑《の》まれることもなく、真《ま》っ直《す》ぐ夏目の耳に届く。

耳の奥でとろりと溶けるようなその声に、耳の産毛を逆なでされた気分になり夏目はわずかに肩を竦《すく》めた。

口数が少ないため気づく者はあまりいないが、秋吉は声がいい。相手の体温が伝わってくるような、耳に心地《ここち》のいい低音だ。そこに酩酊《めいてい》感が重なって、うっかり追究するのを忘れた。

「それより夏目はさ、中学より前の記憶ってある?」

ぼんやりした隙をつくタイミングで田島に尋ねられ、夏目は律儀に過去の記憶を追った。

「あるに決まってんだろ。中学どころか小学校の頃だって覚えてる」

「だよねえ。でも、秋吉は中学以前の記憶がないんだって」

サワーに手を伸ばしていた夏目は、ん? と眉を互い違いにして秋吉に視線を向ける。秋吉はグラスについた水滴を指先で拭いながら、表情もなく夏目を見返した。

「おかしいですか?」

「そりゃ……え、だって、中学より前のこと一個も覚えてないってことか?」

「いえ、朧《おぼろ》には覚えてますけど、はっきり覚えてることがないだけで……」

「修学旅行とか、いろいろイベントあっただろ?」

「……中学のときは京都に行ったと思います。ただ、メンバーが曖昧です」

「マジか! 小学校のときは⁉ あっただろ、林間学校みたいなやつ」

秋吉は濡《ぬ》れた指先をこすり合わせた後、やっぱり真顔でこう言った。

「ありましたっけ、そんなの」

夏目は小さく声を上げたきり二の句が継げない。単に秋吉の学校では林間学校という名称を使っていないだけかと思ったが、よくよく聞いてみると林間学校に限らず、運動会や学芸会、通学路などの日々の記憶もかなり曖昧——というよりほぼないことが判明した。

これにはさすがに驚いて、夏目は喧騒にかき消されないギリギリまで声を落とす。

「な……なんか、トラウマ的な……？」

「いえ、そういうことじゃないと思うんですけど。むしろ先輩たちが小学校の頃のことなんて細かく覚えてる方が驚きです」

「いやいや、覚えてるだろ、普通！」

だよな？　と田島を振り返ると、田島は品のいい顔に笑みを浮かべて首を傾けた。

「俺も小学生の頃のことは、夏目ほど詳細には覚えてないなぁ」

「あぁ？」

三人だけで会話を回しているため、あっという間に少数派に追いやられて不満の混じる声を上げたら、柄の悪いチンピラのようになってしまった。ただでさえ痩せすぎて目つきが悪い夏目がそういう声を上げると、大抵の者は本気で怯《ひる》む。だが、入学当初からつき合いの長い田島は動じず、向かいに座る秋吉もいつもの無表情を崩さない。

「秋吉に昔の記憶がほとんどないのは、感情が薄いせいかもしれないね」

ドスの利いた夏目の声に眉も動かさなかった秋吉を横目で見て、田島が言う。

「よく思い出す記憶って、大抵何か感情に色づけされてるだろ？　秋吉は普段から滅多に感情が動かないし、だから昔のことはすぐ忘れるのかもよ」

確かに過去を振り返れば、楽しかったことや驚いたこと、消したいくらい恥ずかしい記憶ばかりがぞろぞろ出てきて納得した。無感動な風景というのがとっさに出てこない。

おもちゃ箱をひっくり返すようにガラガラと無秩序な記憶を並べていたら、ふいに手触りの違うものを摑《つか》んだ感覚が走り、夏目の目の動きが止まった。わざわざ記憶の箱から引っ張り出してみなくてもわかる。高校時代の一場面だ。

指先で触れただけで胸の端のささくれを引っ張られた気分になり、慌てて記憶の蓋を閉める。喉を鳴らしてサワーを呷《あお》ると、その音の向こうで秋吉がぽつりと呟《つぶや》いた。

「言うほど俺、感情的にならないわけじゃないですけど」

「そうかな。そんなふうには見えないけど」

「実際小学校の頃の記憶なんて一個もないんだろ?」

グラスを置き田島と一緒に囃《はや》してやると、いえ、と秋吉は首を振った。

「小学校の頃、同じクラスにガキ大将みたいなのがいて、そいつに一時いじめられてたのは覚えてますよ。そいつだけは、未《いま》だに忘れられません」

「いじめって、お前が?」

夏目はつくづくと秋吉を見る。背が高く、肩幅もがっしりして、向かいに立つだけで威圧感を放つほど大柄な秋吉がいじめられていたなんて想像がつかない。

「いじめと言っても、そんな陰険なことをされてたわけでもありませんけど」

「でもそいつだけは覚えてるんだろ? お前、恨み事は忘れないタイプか」

むしろ秋吉は嫌がらせをされてもまったく意に介さず、次の日には忘れるくらい大雑把な性格だと思っていたので少し意外だ。

秋吉はしばし沈黙してから、まぁ、とか、はぁ、とか煮えきらない返事をしてハイボールの入ったグラスを傾けた。

グラスの中身はすでに半分ほど減っていて、仰向いた秋吉の首筋が露《あら》わになる。太い首に浮かぶ骨ばった喉元は男らしく、同性だが自分とは違う体のラインにドキリとした。

秋吉がテーブルにグラスを置いてもなお首から顎の逞《たくま》しいラインに見とれていたら、真正面から目が合ってしまった。不埒《ふらち》なことを考えていた自覚があっただけに慌ててサワーを呷ると、横から田島にグラスの底を叩《たた》かれる。

「こら、飯も食わずに酒ばっかり飲んでると倒れるぞ」

「ぶっ……食ってるよ！」

「嘘《うそ》つけ、今日だって昼飯まともに食ってなかっただろ。サマーカレッジまで時間ないのはわかるけど、あんまり根詰めるなよ？」

夏目の前につまみの皿を押し出し、田島が軽くたしなめる。

研究に没頭すると他のことが目に入らなくなる夏目を、何かと田島は気にかけてくれる。

作業が佳境に入ると食事の時間すら惜しみ、研究室に泊まり込んでしまうこともしばしばある夏目と比べれば、毎日きっちり下宿先に帰り、洗いたての白いシャツを着て登校してくる田島は断然まっとうな感覚の持ち主だ。だから夏目はいつも何も言い返せない。

今も差し出された軟骨の唐揚げに黙って箸を伸ばすと、隣のテーブルから後輩のひとりが田島を呼んだ。

田島は身軽に立ち上がり、夏目たちに「すぐ戻るよ」と言い残しグラスだけ持って行ってしまう。

田島がいなくなると、ふつりとその場の会話が途切れた。

研究室のメンバーたちが陣取る二つの長テーブルを見比べれば、明らかに夏目たちが座っているテーブルは人が少ない。さらに言うならこちらのテーブルの端には夏目と秋吉の二人しかおらず、真ん中は完全に無人で、反対の端にぽつりと数人が固まっているだけだ。

軟骨を咀嚼《そしやく》しながら、夏目はちらりと秋吉を盗み見た。秋吉は気詰まりな様子もなく、お通しに運ばれてきたピスタチオの皮を黙々と剝《む》いている。

秋吉の手は指が長く、爪が横に長い。手先の器用な者に典型的な手だ。子供の頃、プラモデルを作るのが上手い奴は皆こんな手をしていた。そんなことを思い、夏目は無言で酒を呷った。店内の騒がしさが、なんだか潮騒のように遠い。

飲みの席で夏目の周りから人がいなくなることは、別段珍しいことではない。

素面《しらふ》では無口な夏目だが、アルコールが入ると途端に舌が滑らかになる。あまり酒に強くないため飲み始めるとすぐに気分がよくなり、饒舌《じょうぜつ》さは早々に頂点に達する。だがその内容は多くが研究に関するもので、専門用語も乱発するため、下級生たちはほぼ内容を理解できない。結果、はたと我に返って辺りを見ると周りから人がいなくなっている。

「そういえば、去年の夏合宿でもこんな状況になんなかったか？」

飲み会が始まってから一定のペースで淡々と酒を飲み続けている秋吉に声をかけると、秋吉は一瞬動きを止めて遠くを見るような目をした。

「まさか一年前のことも覚えてないとか言わないよな？」

「いえ、まさか……研究室の夏合宿ですよね？」

夏目たちの学部では、ほぼすべての研究室で夏休みの間に合宿を行う。ゼミに入ったばかりの三年生にとっては研究室の雰囲気を知るためのレクリエーションに近いが、四年生は卒論の方向性を初めて皆の前で発表する、かなり重要な場だ。とはいえ二泊三日の合宿中、夜はほとんど酒盛りに費やされるのが実態だが。

去年の合宿でも飲みの席でマニアックな研究話に花を咲かせてしまい、気がつけばテーブルには秋吉と自分しかいなかった。あのときも、こいつ逃げ遅れたんだな、と同情したが、まさか二度も同じ状況に陥るとは。

「お前、意外と鈍臭いな。俺が絡み酒なの知ってるだろ？　とっとと隣のテーブルに行っちまえばいいもんを……」

「別に絡み酒じゃないでしょう。一方的に喋《しゃべ》り倒すだけで」

「どっちにしろ、わけわかんない話ばっかだから面白くないだろ？」

「わけはわからないですけど、面白いから大丈夫ですよ」

あん？　と問い返す声がまた不穏に響いてしまった。不機嫌なわけではない。酔いが回っているため口が開ききらず、声がくぐもって不明瞭になってしまうだけだ。

どういう意味だと問い返そうとしたが、秋吉はさらりと話題を変えてしまう。

「さっきもさんざん喋ってましたけど、二足歩行ロボットはどうです、順調ですか？」

「まさか！　サマーカレッジまでに間に合うか本気でわかんねぇよ！」

話を逸《そ》らされた、とは思ったが、目の前に垂らされた餌にばっちり食いついてしまった。

八月に行われるサマーカレッジは、高校生に向け大学内を公開する行事だが、その催しの一環として、夏目たちの研究室は二足歩行ロボットを披露することになっていた。

院の二年に進級してからこの三ヶ月近く、夏目は二足歩行ロボットのプログラム製作にかかりきりになっている。夏目の所属する研究室には今のところ博士課程の者がおらず、プログラムは最高学年である夏目と田島の二人に一任されている。人手も足りない上に八月上旬に行われるサマーカレッジまではもう一ヶ月半もなく、最近は研究室に泊まり込むこともしばしばだ。

「大体なんでうちから二足歩行ロボットなんて出すんだよ！　うち経営工学科だろ？　そんなの情報工とか機械工の奴らに任せとけばいいものを、なんでうちが！」

「毎年持ち回りなんでしょう?　去年は情報工で、来年は機械工」

「そこにうちが含まれるのがおかしいんだよ!　だって経営工学だぞ、経営!」

夏目たちの所属する経営工学科は、経営学と工学の狭間《はざま》のような学科だ。二年時まではどちらもまんべんなく履修することになるが、ゼミに入ってからはまったく研究分野が異なってくる。ときどき別の研究室の友人と話をしていると、本当に同じ学科なのか首を傾げたくなるほどだ。こちらが機械制御をやっているとき、相手は品質管理やら認知心理をやっていて話がほとんど合わない。

ぐちぐちと文句を言いながら軟骨を口に放り込むと、夏目の声が途切れるのを待って秋吉が言葉を挟んできた。

「大変ですか、準備」

「当たり前だ。間に合わなかったらと思うと胃が痛い」

「誰か他の人に代わってもらうこととかできないんですか?」

奥歯でがりがりと軟骨を嚙《か》みながら、夏目は頰にかかる前髪を後ろに撫《な》でつける。そりゃあ、と口にしかけてろれつが回っていないことに気がついた。掌《てのひら》に触れた耳が熱い。大分酔いが回ってるな、と思いつつ、夏目は人差し指と中指で耳朶《じだ》を挟んで渋い顔をした。

「代われるもんなら代わりてぇよ。お前、今からでも代わってくんない?」

軽い口調で尋ねると、秋吉にじっと顔を覗《のぞ》き込まれた。

一瞬怒っているのかと思うくらい真剣な顔をされ、耳を摑んでいた指先にうっかり力がこもった。冗談だ、と慌てて言い添えようとしたら、秋吉の目元がフッと緩む。

「……嘘ですね」

そう言って、秋吉はほんの少しだけ笑った。

普段秋吉はあまり表情を変えないので、わずかな笑みにドキリとする。

秋吉は、長身で寡黙な上に動きがのっそりとしているため、やたらと爺《じじ》むさい雰囲気が強調されがちだが、顔の造作はなかなか整っている。スタイルもいい。ごくまれに、不意打ちのように笑ってみせたりするので、本当に息が止まりそうになる。

「う……嘘じゃねぇよ」

かろうじて口から漏れた声は動揺を隠しきれず掠れていた。秋吉は口元に笑みを残したまま、嘘でしょう、と繰り返す。

「こんなに研究のことしか頭にない人が、心にもないことを」

「だから、本気だって……」

「なんて言いながら、本当に明日からプログラムが別人に任されたら、地団太踏んで悔しがるんでしょう?」

「それは……っ」

反論するつもりが、まあ悔しいだろうな、と素直に思ってしまった。三ヶ月もかけてよう

枝豆
だし巻
豚キムチ
天ぷら
ビール祭

やく形になってきたものを、この期に及んで他人に奪われるのは正直癪《しゃく》だ。

秋吉は夏目の胸中など見透かしているかのように、グラスにつけた唇を柔らかな弓形にする。その濡れた唇を見て、一瞬不埒な妄想をしかけてしまった。

ぎこちなく秋吉から視線を逸らすと、夏目はサワーを一息で飲み干した。

秋吉は夢にも思わないだろう。向かいに座る同性の先輩が、まさか自分を性的な目で見ているなんて。

知らず、謝罪の言葉が胸に転がり落ちた。すみません、と。

（すみません、俺お前のこと、ときどきオカズにしてます……）

秋吉はメニューを手にして、何も知らずに次の飲み物を選んでいる。


自分はホモかもしれない、と明確に意識したのは、高校生のときだ。

クラスメイトの間で出回っていたエロＤＶＤを見たとき、女優よりも画面の端で見切れがちになる男優にばかり目が行くことに気づいたのがきっかけだった。

まさか、と思いつつ動画サイトでゲイの動画を探してみた。そういう画像があっさりと見つかってしまう時代に生まれたことがよかったのか悪かったのかはこの際脇に置くとして、ともかく結論は早々に出た。男しか出てこないその動画を見て、いともあっさりと勃起《ぼっき》してしまったからだ。

あれっ、と思った。これまで自分は女の子が好きだと思っていて、友人たちとも猥談《わいだん》に花を咲かせていたはずなのに、この反応は何事かと。

風呂場の浴槽を覗き込んだら一面プリンが張っていた、というあり得ない現実に直面したときのように、しばし呆然《ぼうぜん》として動けなかった。それでも、とりあえず浴槽に手を突っ込んで本物のプリンか否か確かめるように、恐る恐る過去の自分の言動を振り返り、じわじわと事実を受け入れるのに半日はかかった。

自分は猥談をしながらリアルに女性の体を思い浮かべたことがあっただろうか。凹凸のある柔らかな肌を鮮明に思い描いてみたとして、それに触れたいと思うだろうか。ましてや顔を埋《うず》めたいなどと思うものだろうか。

目をギラギラさせた同級生たちとマシンガンのように唾を飛ばして妄想を語り合う、その熱気にまぎれて見落としていた。己の冷えた心根に気づいてしまい、夏目はその場に突っ伏した。その間もパソコンからは男の野太い喘《あえ》ぎ声が漏れていて、それが不快ではなく興奮を煽《あお》ることにますます愕然《がくぜん》とした。

それまで真っ当に女の子が好きだと思っていただけに、当然のことながら衝撃を受けた。だがそれ以上に、当時は思春期真っ只中で性欲が旺盛だった。悩みながらも無料で見られる動画を片っ端から見て、抑えようもなく男同士のセックスに興味を持った。唐突に少数派に転落してしまったことに対する焦りはあったが、目先の欲望に目が眩《くら》んだ。あの頃は、脳みそより下半身が己の言動を支配していたとしか思えない。

人知れずネットで情報収集し、一度だけそれとなくその手の話題を同級生たちに振ってみたことがある。

「アナルセックスって超気持ちいいらしい」と披露したとき、友人たちは一様にそれを女性とするのだと解釈した。そのためか最初は興味深く耳を傾けていたが、相手も男だと悟るや、揃って態度が一変した。

「ないわ」「それはキモい」と一刀両断する友人たちの表情には、金太郎あめをぽろぽろと切り落としたように例外なく嫌悪の色が混じっていて、そのとき初めて、夏目は自分と世間の違いのようなものを目の当たりにしたのだった。

ネットで探せば自分と同じ嗜好《しこう》の者などゴロゴロいて、彼らのブログなんて読んでいるうちに自分は何か勘違いしていたらしい。少数派であることは自覚しているつもりだったが、少数というよりほとんど異端に近いということに、ようやく気づかされた気分だった。

しかし夏目はめげなかった。即座に学校の友達では駄目だと結論を下し、自分と同じ感覚の者が集まる場所に行かなければと強く思った。

だからといって未成年の自分に行ける場所など限られている。さんざん悩んで向かったのは、地元にあった発展場だ。ネット上では有名らしい、少し大きな公園だった。

夜更けを待って公園に行ってみると、園内には不自然なくらい複数の男たちがいた。

冬だった。首に巻きつけたマフラーから、冷え固まった夜気に白い息が溶けていく様を思い出す。

立っていたら誰かが声をかけてくれるのだろうか。勝手がわからず公園の入り口でうろうろしていると、園の隅にある公衆トイレに目がいった。トイレには列ができている。

夏目とて、何も知らずに発展場へ来たわけではない。男だけがずらりと並ぶ公衆トイレの中で何が行われているのか、すぐに見当はついた。

だが、それでも想像するのと生で見るのとはわけが違う。公衆トイレは電気が切れかけて薄暗く、外観もとても綺麗《きれい》とは言い難かった。普段でも、よほど急を要するのでもない限り足を踏み入れたくない類《たぐい》の場所だ。

あんな所に入って、するのか。

現実を目の当たりにして立ち竦んでいると、夏目の元にふらりと男が寄ってきた。中年の頃は五十そこそこで、スウェットの上下を着ていた。首回りに肉がつき、顎には無精ひげが浮いている。

父親と変わらぬ世代の男性が目の前に立った瞬間、夏目は未成年者が夜分外にいることを咎《とが》められるのではないかとひやりとした。

だが男は一向に口を開かず、表情もまったく動かない。夏目も固唾を呑んで相手が何か言うのを待っていると、しばらくして男は無言で身を翻して公園の奥へ行ってしまった。

わけがわからず男の後ろ姿を目で追っていると、男はベンチに座っていた他の男の前に立ち、先程夏目にしたのと同様に相手の男をじっと見た。

ベンチに座っていた男はすぐ立ち上がると、言葉もなく公衆トイレに向かう。スウェットの男もその後に続き、ようやく夏目は自分が男から誘いを受けていたことを悟った。

真夜中の遠足にでも参加するつもりで意気揚々と家を出た夏目だったが、会話もなく、その上いきなり公衆トイレに連れ込まれるのかと思ったら、一気に怖気づいた。

まずは声をかけて、気が合ったら近くのファミレスにでも行って、もしかしたらその後いきなりホテルに行くなんてことになるかもしれないと、それくらいの覚悟はしていたつもりだったが、現実はもっと性急で、容赦がなかった。

もしかすると中には夏目が思い描くような人物もいたのかもしれないが、すっかりしりごみした夏目は慌てて踵《きびす》を返すと家に逃げ帰った。無表情で自分を見下ろした男の顔を思い出すと、トレーナーの後ろ襟から無遠慮に冷たい手を突っ込まれた気分になって体が震えた。

端的に言ってしまえば、多分、怖かったのだと思う。

自分は一体、何を想像してあの公園へ行ったのだろう。走っているうちに目の端に涙がにじんだ。気が合うとか合わないとか、そんなものは誰も気にしていなかった。薄暗い夜の公園で、互いに相手の顔をきちんと見ていたかどうかも怪しい。

同性を受け入れられるか否か。それしか相手を振り分ける理由は存在しないのだ。それだけ対象となる相手が少ないことの表れなのだろう。

男同士だとまともな恋愛もできないのだと、痛切に思った。

以来夏目は、一度も発展場に足を向けていない。最初に見た夜の公衆トイレと、無言で自分を見下ろす初老の男のインパクトが強すぎたからだ。

一方で、高校時代に漁《あさ》るように見たゲイ動画も忘れられなかった。セックスに対する興味は失われず、だが人間を相手にする度胸もなく、考えた挙げ句、夏目は大学に入学してひとり暮らしを始めると同時に、通販サイトでバイブを買った。

クリックボタンを押した瞬間は「俺何やってんだ！」ともんどりうって自分を罵《ののし》ったが、いざ商品が家に届くと諦観《ていかん》に似た気分で包みを開けた。世の中の男性の九割以上がノンケであることを思えば自然な出会いなど見込めるはずもなかったし、いざ同じ嗜好の者と出会っても真っ当な恋愛など望むべくもない。ならばこうした玩具でも使った方が安全で安心だ。

そのとき買ったバイブは、未だに夏目の部屋にある。


「怖かったもんは仕方ねぇだろ……」

ぽつりと口にしたら、ふいに意識が浮上した。

あれ、と夏目は瞬《まばた》きをする。いつから自分が喋っていたのか判然としない。

体が無様に伸びていて、どこにも力を入れている感覚がなかった。砂抜き中のアサリの気分だ。横たわっているようだと気づくのにしばし時間がかかり、わかっても状況が理解できなかった。ここはどこだ。

「起きましたか？」

唐突に視界に飛び込んできた顔が逆光で黒く塗り潰される。目を眇《すが》めて、ようやく秋吉だとわかった。続けて居酒屋で後輩たちと飲んでいたことも思い出す。

「あれ……皆は……」

「とっくに帰りましたよ。覚えてないんですか」

「……お前は？」

一応口から言葉は出るが、自分でも何を言っているのかよくわからない。考えようとしても思考がばらける。眩《まぶ》しくて目を開けていられなかった。

「相当酔ってますね」

秋吉が現状を代弁してくれた。そうなのだろう、自分は泥酔しているのだろう。いつの間にここまで酔うほど飲んだのか自覚できないほどに。

「それじゃあ、帰りますよ」

「ん……ああ、帰るか……」

「先輩はいいんですよ。ここ、先輩の家です」

起き上がろうとして押し止められ、んん？　と子供がむずかるような声を出してしまった。

確かに自分は自室のベッドに横たわっているようだが、どうして秋吉がここにいるのか。秋吉を自宅に招いたことなど一度もないというのに。

（……じゃあ、夢か）

アルコールでひたひたになった頭でものを考えるのは億劫《おっくう》で、一番手っ取り早い結論で落ち着いてしまうことにした。直前まで昔の夢を見ていたせいもあっただろう。

冷静に考えれば、夏目の自宅を知っている田島辺りが秋吉に場所を教えたのだろうとわかりそうなものだが、そのときはまったく考えが及ばなかった。

そうか夢かと納得しているうちに、ベッドの端に腰かけた秋吉が体を引く気配がした。

夢だと思い込んでいたために、迷いもなく手が伸びた。指先に触れたものが何かも確認せずに摑んで引き寄せる。多分、秋吉の腕だったのだろう。不意打ちに秋吉の体がぐらついて、再びベッドに戻ってきた。

「先輩……」

呆《あき》れたような、戸惑ったような秋吉の声が近い。低い声に体の芯《しん》が痺《しび》れ、ただでさえ低下していた判断力が一層鈍った。ぐいぐいと秋吉の腕を引き続けていると、諦めたのか引き寄せられるまま秋吉が体を近づけてきて、目の前に逞しい首筋が迫る。

（……いい体してんな）

量販店で売っているTシャツをこだわりもなく着た秋吉の体には適度に筋肉がついて、肌に張りがあり、骨や筋が浮き出ていて、その無骨な感じがとてもいい。

夜ごと頭の中で繰り返していた行為そのままに、夏目は秋吉の首に腕を回した。自分でも驚くほど自然な仕草で引き寄せて、近づいた顎先に唇を寄せる。唇に薄い皮膚が触れる距離まで互いの顔が近づいたとき、ふいに秋吉が身を引いた。

グッと強く肩を摑まれベッドに押し戻される。直後、真上からいつもより固い秋吉の声が降ってきた。

「すいません。俺、そういうの無理です」

まどろみの縁をたゆたっていた夏目の脳が完全に覚醒したのは、まさにその瞬間だ。

ふわふわと心地よかった空気が一瞬で凝固して、礫と化して心臓を刺す。いきなり視界も鮮明になり、秋吉の困惑した表情が目に飛び込んできた。ざっと体から血の気が引く。

ようやく一連の出来事が夢ではないと理解した夏目は、急上昇した心拍数の下で無理やり平静を装った。この場をごまかす言葉を必死で考え、秋吉の視線から逃れるように左手の甲を額に押しつけると、腕時計のデジタル表示が視界を過《よ》ぎった。もう深夜の零時を越えている。

「悪い……間違えた……」

考えた挙げ句、振り絞るような声でそれだけ言うのが精一杯だった。一体何を間違えたのか、自分でも滅茶苦茶《めちゃくちゃ》な言い訳だと思ったが他に言葉が出ない。

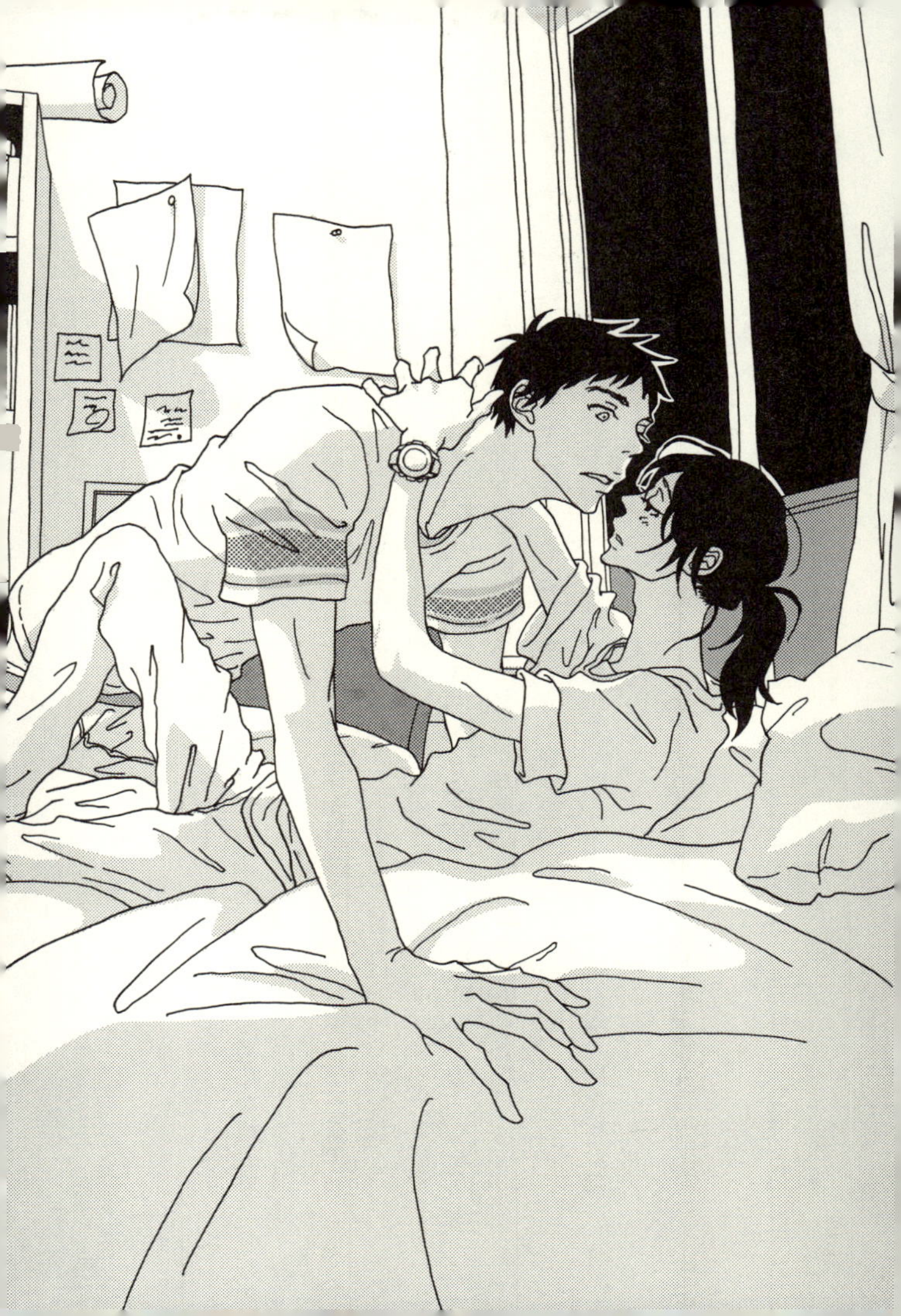

ベッドに仰向けになって額に手を押しつけたまま、夏目はそれきり動けなかった。こんな夜中に部屋まで送ってくれた礼もまだ言っていないのに、秋吉の顔を見る勇気がない。動揺が震えになって伝わってしまいそうで、声を出すことさえ怖かった。

いっそ狸《たぬき》寝入りをしてしまおう、と思ったら、いつしか本当に眠っていた。あんな状況で眠れたとは、やはり相当に酔っていたらしい。

翌朝、目覚めると秋吉の姿はもう部屋になかった。酔いが醒めるにつれ秋吉が部屋まで運んでくれた情景も飛び飛びに蘇《よみがえ》ってきて、夢ではなかったのだと夏目は両手で顔を覆う。

キスを迫っただけでも人生堂々一位の悪夢なのに、その前段階がすでにひどい。秋吉に肩を貸してもらってよちよち歩き、途中で道路に座り込んで秋吉に引っ張り起こされ、大笑いしながら自分の家とは反対方向に駆けていくなんて、質《たち》の悪い酔っ払いの見本市だ。一日にして人生の忘れたい記憶ワーストスリーが埋まってしまった。

秋吉もよく途中で放り出さなかったものだ。挙げ句、ようやく家まで連れ帰ったと思ったら唇を奪われかけて礼もまともに言ってもらえないなんて。

できることなら秋吉の脳の神経細胞をレーザーか何かで焼き潰し、昨日の記憶だけ丸ごと消去してしまいたい。

二日酔いの頭痛と吐き気の中、夏目はそれを上回る激しい自己嫌悪に襲われ、丸一日ベッドから出ることもままならなかったのだった。

夏目が根城にしている院生室は、狭苦しくて薄暗い。壁際に置かれたキャビネットは本やファイルが溢《あふ》れ返り、それでも入りきらない資料は床に山積みになっている。二つ並べて等間隔に置かれた机の上には、コーヒーの跡が底にこびりついたマグカップが放置され、黄ばんだレポートがうずたかく積まれて今にも雪崩《なだれ》を起こしそうだ。

何代か前の先輩が譲ってくれたという仮眠用のソファーは革が破れ、誰が持ち込んだのかもわからない薄汚れた毛布とともに部屋の隅に追いやられている。

そんな雑然とした院生室も、この時期だけは机をすべて壁際に寄せ、中央に大きくスペースをとっているせいかすっきりと見える。空いたその場所に鎮座するのは、無数のケーブルがぶら下がり、基板が剝き出しになった二足歩行ロボットだ。

今日日世間で流行しているロボットのように可愛《かわい》らしい顔もなく、足元は安定感重視で下駄を履いたような不格好さだが、見てくれにこだわっていられるほどの時間的余裕も技術も夏目たちは持ち合わせていない。サマーカレッジまではもう一ヶ月を残すばかりだ。

水曜日、朝から落ち着かない気分で夏目は院生室にこもっていた。いつものように二足歩行ロボのプログラミングに取り組むが、ときどきキーボードを打つ手が止まり、視線があらぬ方向に飛んでいく。

今日は四年生のゼミがある。隣室の、四年生が詰めている研究室に秋吉がいる可能性が非常に高い。

先週の金曜、酔った弾みで秋吉にキスを迫ってから、まだ一度も秋吉とは顔を合わせていない。あのときの失態を上手くごまかせたとも思えず、どんな顔で秋吉の前に立てばいいのかわからなかった。

（あんなことするつもりなんてなかったのに……なんでよりによって……！）

喉の奥で低く呻《うめ》いて夏目は髪をかきむしる。幸い院生室には夏目の姿しかなく、身悶《みもだ》える夏目に不審の眼差《まなざ》しを向ける者はいない。

秋吉を夜のオカズにするのは前々から申し訳ないと思っていたが、まさかこんなしっぺ返しが待っているとは思いもしなかった。もしあの場にいたのが田島だったら、夢だと思い込んでいたとしてもキスを迫ることなんてなかっただろうに。

（くっそ……あいつ本当に好みの体してるんだよな……）

夏目は八つ当たり気味に力一杯キーボードを叩く。

最初に秋吉に目を留めたのは二年前。自分はまだ学部の四年生で、当時仲のよかった院生に頼まれて二年生の実習を手伝ったときのことだ。

ブロックを組み立てて作った車に赤外線センサーをつけ、それを指定の通り動かすプログラムを組む実習だった。数名でチームを作り行うものだったが、中でも秋吉は目立って背が高く、ついでに寡黙な横顔が端正で、顔と体が好みだな、と思ったのがきっかけだ。

大柄な秋吉は学内でも目を引くので、その後も学食や図書館でよく見かけるようになった。夏目の所属する研究室に秋吉が入ってきてからは少し話もするようになり、思いがけず艶のある低い声に驚いたり、間近で見て男前振りを再確認したりもしたのだが。

（あいつのこと好きだとか思われてたらどうすんだ……）

それが一番困る、と夏目はぐしゃぐしゃと髪をかき回す。

夏目は秋吉に対して恋愛感情は抱いていない。あくまで夜の妄想に引きずり込むのにちょうどいい人物というだけだ。

そもそも夏目は自分の性癖を自覚して以来、誰かを好きになったことがない。高校時代、夜の公園を訪れてから、特定の相手に特別な感情を抱くことを慎重に避けてきた。その根底には、男同士で真っ当な恋愛などできるわけがないという強い先入観がある。

だからあの夜秋吉に手を出してしまったのは、思い余って、などという情熱的なものではなく、本当にうっかりしたとしか言いようがなかった。

（あー……もう……なんて言い訳すりゃいいんだ……）

キスを避けた後に秋吉が見せた困惑の表情を思い出すと、間近に迫ったサマーカレッジを思うときと同等に胃が痛くなる。

朝からこんな調子で作業が手につかず、夏目はキーボードに置いていた手を真上に上げると椅子の背もたれに身を預けた。何気なく隣の田島の席に目を向けると、机の上に最新号と思《おぼ》しき青年誌が載っている。いつも自分から「読みなよ」と本を貸してくれる田島なので、ためらいもなく雑誌を手に取り、ぱらぱらとページをめくって毎号目を通している四コママンガで手を止めた。

途端に計ったようなタイミングで院生室の隅に置かれたプリンターが起動した。

院生室のプリンターは、四年生がいる隣室のパソコンともネットワークで繋《つな》がっている。だが向こうの部屋にもプリンターはあるので、こうして隣からデータが飛んでくるときは、大抵誰かがプリンターの指定を間違えてしまったときだ。

案の定、印刷が終わるのを待たず四年の野々原《ののはら》がノックとともに院生室の戸を開けた。

「ごめんなさい、間違えて院生室のプリンター使っちゃって……資料取らせてもらっていいですか？」

いいよ、と返すと、野々原はぺこりと一礼して院生室に入ってきた。野々原の腿《もも》の辺りでふわりとチェックのスカートが揺れ、コーヒーとインクと鉄の匂いに支配された薄暗い室内がパッと華やかになる。

野々原は研究室の紅一点だ。短めのスカートを穿《は》いたりマニキュアを塗ったり、結構女の子らしい外見をしているくせに女子同士で群れることをせず、男だらけの研究室でもけろりとしている。可愛らしい見た目に反して大きな口を開けて男共と笑うところに、夏目も好感を抱いていた。ただ、少しそそっかしいのが玉《たま》に瑕《きず》で、院生室のプリンターを間違って使ってしまうことがやたらと多い。

野々原は夏目の席の後ろを通ってプリンターから資料を引き抜くと、戻り際、夏目の背後でふいに立ち止まった。

「その作家さんのマンガ、面白いですよね」

背中から、人肌で温められた甘い匂いが漂ってくる。シャンプーか、柔軟剤か。香水にしては柔らかい。

雑誌を閉じて振り返った夏目は、アイラインをばっちり引いた野々原の目と、雀牌《ジャンパイ》を指に挟んだ着流しのオッサンが表紙を飾る雑誌を見て、本当に？　と訊《き》き返してしまった。

「野々原さん、どっちかっていうと少女マンガとか読むイメージだけど……これ、青年誌だよ？」

「雑誌は買ってませんけど、さっきの四コマは単行本で買ってます。あの作家さん、もともと少女マンガでデビューした人ですよ。今も他の雑誌で少女マンガ描いてます」

「へえ、知らなかった……。俺もあの人好きなんだ」

他のマンガは読み流しても、件《くだん》の四コマは毎号きっちり読んでいるのでそう返すと、同好の士を見つけたかのように野々原の顔が輝いた。

「そうなんですか？　夏目先輩あんまりマンガとか読まないと思ってたから意外です！」

「いや、読むよ。普通に読む」

「他にどんなの読むんですか？」

「どんなのって……田島がいろいろ持ってくるから、一緒に読んでるけど」

「あー、田島先輩は幅広く読んでますもんねぇ」

田島のマンガ好きは研究室内でも有名だ。ジャンルを問わず乱読しているので、マンガの話になれば大抵の人間と話が合う。相手の口にしたタイトルを知らない、ということがほぼないからだ。親より年の離れた教授が子供の頃読んでいた少年マンガまで知っており、すっかり意気投合して教授に居酒屋でおごってもらったという逸話まで残っている。

一頻《ひとしき》り田島の話で盛り上がった後、野々原が笑顔で両手を叩き合わせた。

「私その作家さんのマンガ結構持ってるんですけど、夏目先輩も読んでみませんか？　こてこての少女マンガなんですけど、面白いんですよ！」

満面の笑みで提案する野々原を見上げ、変わった子だな、と夏目は思う。あまり愛想のよくない自分に声をかけてくる女子は少ない。学生時代も友達は男ばかりだった。

（……案外女の子とつき合ってみたら、どうにかなったりすんのかな）

院生室で一緒になるときや廊下ですれ違うときなど、何かと自分に声をかけてくる野々原を見ていたら、ふいにそんな考えが浮かんだ。

これまで女性に対して恋愛感情を抱いたことはないが、つき合って、デートをして、手を繋いで、ずっと一緒にいたらそのうち本物の恋心が芽生えるかもしれない。

野々原ならば話も合う。とはいえ、野々原がこちらをどう思っているかはわからないが。

完全に上の空で相槌《あいづち》を打っていたら、野々原からマンガを借りるということで話がまとまっていた。

「じゃあ、次のゼミのときに持ってきますね。まずは五冊ずつ！」

嬉しそうに笑う野々原は、客観的に見て可愛いと思う。しゃきしゃきと歯切れよく喋るところも悪くない。夏目は椅子の肘掛けに凭《もた》れかかり、下からじっと野々原を見詰めた。

「五巻と言わず、一気読みしたいな」

「ええ？　全二十巻ですよ？　いっぺんに持ってくるの大変ですって」

「だったら、今度取りに行こうか」

何気ない口調だったせいか、野々原は意味を捉えかねたようにきょとんとした顔で小首を傾げた。夏目は緩く笑って、野々原と同じように首を傾げてみせる。

「野々原さんってひとり暮らしでしょ？　大学から家近いんだよね」

「そう……ですね、自転車で十分くらいですけど……」

「じゃあ、全巻取りに行くよ」

さりげなく田島の口調を真似《まね》てみる。普段の荒っぽい口調では年下の女の子に怯《おび》えられてしまうかもしれないと瞬時に計算している辺り、意外と自分は本気なのかもしれない。

夏目の真意を測りかねているのか視線を泳がせる野々原に、夏目は重ねて尋ねる。

「今度、部屋まで遊びに行ってもいい？」

少しでも難色を示されたら「冗談だよ」と笑って流すつもりで、夏目は口元に笑みを浮かべたまま返事を待つ。だが、野々原は笑い飛ばすでもなければ戸惑うでもなく、むしろ考え込む表情で黙り込んでしまった。

（………あれ、そこで悩む？）

やべ、と夏目は内心焦る。これまで野々原とは個人的な話をしたこともほとんどないし、まさか応じるとは思っていなかった。本気で頷《うなず》かれたらどうしたものか。判断もつかないうちに、院生室の扉が叩かれた。

これ幸いとばかり夏目はすぐさま返事をする。が、扉を開けた人物を見て、今度は椅子の上でビクッと上体を揺らしてしまった。

そこにいたのが重たげなレポートの束を抱えた、秋吉だったからだ。

ここ数日、いつ顔を合わせるかとびくびくしていた秋吉の出現にうろたえ、すぐには目を逸らすこともできなかった。

秋吉は肩で扉を押しながら、会釈ともつかない仕草をして室内に入ってくる。その顔は無表情で、先日の夏目の言動をどう思っているのか窺《うかが》い知ることはできない。

「じゃあ、まずは五巻まで持ってきますね」

なんとか秋吉の胸中を探ろうとしていたら、野々原が軽やかに声をかけてきた。慌ててそちらに視線を戻すと、すでに野々原は夏目の席から離れ、小さく手を振り部屋を出ていく。

野々原が退出してしまうと、室内に薄く漂っていた甘い香りは一瞬で消え、研究室に染みついているとしか思えない徹夜明けのような倦怠《けんたい》感が辺りを包んだ。直前まで野々原が小鳥のように間断なくさえずっていただけに、ますます沈黙が重苦しい。背後では秋吉がレポートをどこかの席に置いている気配がする。きっと院生の誰かに頼まれ、学部生のレポートでも運んで来たのだろう。

(な、なんか言い訳しとくべきか……？　あの夜のこと——……)

身じろぎもせず背後の気配を窺っていると、それまでガサガサと室内に響いていた紙のこすれ合う音が唐突にやんだ。

「何してんですか、先輩」

ひっ、と妙な声が喉から漏れた。大袈裟《おおげさ》に肩が跳ねたのも隠せない。おっかなびっくり振り返れば、机に寄りかかった秋吉が腕を組んでこちらを見ている。

「な、何って……何が……」

秋吉に背中を向けたまま目一杯首だけねじって尋ねると、グッと秋吉の眉間が狭まった。滅多に表情が変わらないだけに、些細《ささい》な変化でも秋吉の心情がダイレクトに伝わってくる。どうやら秋吉は、随分と機嫌が悪いようだ。

（キ、キスしたこと怒ってんのか……？　いや、でも、あれは未遂だったし……）

秋吉を見ていられず壁際にうろうろと視線をさまよわせていると、目の端で秋吉がのそりと机から離れるのが見えた。

「いくら先輩がゲイだからって、ひとり暮らしの女の子の家にそう簡単に上がり込むのはどうかと思いますけどね」

秋吉が近づいてきたことにギョッとして、最初の言葉を聞き逃しかけた。が、頭が理解するより体が反応する方が早い。気がつけばキャスターつきの椅子から音を立てて立ち上がっていた。

「ゲ…っ…ゲイって……！」

「そうでしょう。それともまさか、バイですか」

他人にそれを指摘されたのは生まれて初めてで、夏目は汗ばんだ手をジーンズの腿の辺りで拭う。それでも手を落ち着けていられず、首筋に強く掌を押しつけた。室内は冷房が効いているというのに、やたらと首から上が熱い。

「お、お前には関係ないだろ、そんなこと。そもそも俺、ゲイじゃねぇし……」

「俺のこと好きなんじゃなかったんですか？」

淡々とした質問に、心臓が妙な具合に跳ね上がった。ドキリとしたのかギクリとしたのか、自分でも判断がつかない。半端に伸びた髪の下で首筋に触れていた指先が、蜘蛛《くも》のようにさわさわと耳の後ろに這《は》い上がる。動揺が指元に伝わってしまったかのように、手を止めておくことができない。

「俺にあんなことしたじゃないですか。それなのに？」

何も言わない夏目に焦《じ》れたのか、秋吉の声が低くなる。不機嫌さをにじませたその響きに驚いて、うっかり体ごと秋吉に向けてしまった。

秋吉は何にこんなに苛立《いらだ》っているのか。夏目が秋吉にキスを迫ったことだろうか。それとも、そんなことをしたにもかかわらず、別の誰かに手を出したからか。

（まさか……ないだろ、そんな……嫉妬みたいな……）

あり得ない思いつきに、心臓が下からドンと突き上げられたようになった。それを否定するのに忙しく夏目が口も利けないでいると、秋吉は珍しく苛立ちも露わに短い息を吐いた。

「本当に、どっちなんですか。本気で他意もなく野々原さんの家に上がり込もうとしたわけじゃないでしょうね？」

「え……」

「それともやっぱり女もイケるんですか。野々原さんのこと、いつからそういう目で見てたんです？」

秋吉の詰問口調にぽかんとして、夏目は耳に当てていた手をずるりと体の脇に下ろした。

秋吉の物言いからは、自身のことよりむしろ野々原に関心が集中していることが窺える。

どうやら秋吉がささくれ立っている原因はあの夜のことではなく、夏目が野々原に軽々しく声をかけたかららしい。その言動からは、秋吉が野々原に気があることが透けて見えた。

わかった瞬間、猛烈な羞恥《しゅうち》が湧き上がってきて夏目は力一杯指先を握り込んだ。

（あ…っ…たり前だろ！　どんな勘違いしてんだよ、俺！）

一瞬でも、秋吉は自分に気があるのではないかと思ってしまった。

男同士でそんなこと、あるわけもないのに。

「──だったら、なんだよ？　問題あんのか？」

羞恥を押し殺そうと全身に力を込めたら喉までふさがってしまい、ひどく低い声が出た。

秋吉は意外な言葉を耳にしたとばかり、わずかに片方の眉を上げる。

「ありますよ。先輩、ゲイでしょう？」

「ゲイは女とつき合っちゃいけないのか」

つっけんどんな口調になってしまったのは、妙な勘違いをした自分に対する呆れや怒りが秋吉に向いてしまったせいだ。詰まる話が、八つ当たりである。

どうせ前回キスを迫った時点で、秋吉にこちらの性癖はばれている。そう思えばごまかす気も失《う》せ、夏目は胸の前できつく腕を組み挑むように秋吉を睨《にら》み上げる。

「それに、つき合ってみたら好きになることもあるかもしれないだろ？」

本気で野々原とつき合ってみようと思っていたわけでもないが、勢いに任せて先程ちらりと頭に浮かんだことを口にする。と、たちまち秋吉の表情が険しくなった。秋吉と出会って以来、一番顕著に表情が変わった瞬間だったかもしれない。

「……そんな実験に彼女をつき合わせるのは、可哀相《かわいそう》でしょう」

かつてないほど低い声で秋吉が呟く。相手を威嚇するようなその声音からは、野々原を守ろうとする秋吉の想《おも》いが伝わってくるようだ。と同時に、年下に正論で言い負かされて、身の置き所を失った。

秋吉は本当に野々原のことが好きなのだな、と思い、そんなふうに臆面もなく誰かに想いを寄せられる秋吉を、ほんの少し羨ましいと思った。同性しか恋愛の対象にならない自分には、とても真似のできないことだ。

自然と夏目の視線が下がる。自分がひどく惨めな顔をしている気がして、秋吉の顔を直視できない。

「……だとしても、お前には関係ないだろ。本当に好きになる可能性だってないわけじゃない」

本心では秋吉の言葉の正しさをわかっていながら、素直に引き下がる気にはなれず反駁《はんばく》した。心にもない言葉は我ながら白々しく、言った側《そば》から余計なことを言うのではなかったと後悔する。その間も、チリチリと焦げるほど強い秋吉の視線が頬に痛い。

下がりっぱなしの視界の中、腕時計の文字盤が窓からの光を反射した。大きな窓からは気の早い夏の日差しが射し込んでくる。

目の前の現実から逃避するように場違いなことを考えていたら、いきなり秋吉に肩を掴まれた。

秋吉の指は思いがけず力強く、鈍い痛みを覚えるほどで、さすがに驚いて顔を上げたら、想定よりずっと近くに秋吉の顔があった。

秋吉が、長身を屈めてこちらの顔を覗き込んでいる。それにしても近い。近すぎる。よほど怒らせたかと息を呑んだら、さらに秋吉の顔が近づいた。

顔を背ける暇もなく、秋吉の唇が夏目の顎先に触れる。ちょうど酔った夏目が自室で秋吉にキスをしようとしたのと同じ場所だ。

仕返しか、それとも当てつけのつもりか。怒るべきか謝るべきかもとっさにはわからず次の行動に移れないでいたら、秋吉の唇が夏目の唇を乱暴にふさいできた。

「……っ！」

夏目の息が途切れる。キスをされたというより、ほとんど噛みつかれた感覚に近かった。薄い皮膚が痺れ、本気でどこか切れたかと思ったほどだ。

過去の記憶を浚《さら》ってみても遭遇したことのない事態に頭がフリーズしてしまい、秋吉を押しのけることはおろか、顔を背けることすらできなかった。ただただ呆然と目を見開いて離れていく秋吉の顔を見ていると、秋吉が押し殺した低い声で言う。

「だったら、俺の実験にもつき合ってください。俺は男なんて恋愛の対象外ですが、こういうことを続けていたら好きになるかどうか、実験しましょう」

「………はっ？」

喉の奥から空気の塊が押し出され、ようやくのこと声が出た。が、肝心の言葉が出てこない。頭の中で巨大な蚊柱でも立ち上がったかのごとく、無数の言葉が脳内を飛び交う。

（そんな理由でキスしたってのか？　ていうか、今の俺のファーストキスじゃね？　そもそもこいつが野々原さんのことが好きならそんな実験成り立つわけねぇし、実験する理由もわかんねぇし、何考えてんだこいつ！）

途切れがちになる呼吸の下で、ときどき不明瞭な言葉が浮かんではまた沈む。一言も発することができないうちに、肩を摑んでいた秋吉の手が軽く夏目の体を後ろに押した。

「アンタが野々原さんにやろうとしてるのは、こういうことですよ」

夏目を突き放したその手で、秋吉がグッと自分の口元を拭う。

あ、と短い声が唇から漏れた。頭の中を駆け巡っていた虫が口から一匹飛び立っていったような、羽音程度の小ささで。

言葉の内容より、汚いものに触れた後のように口を拭われたことに、自分でも驚くくらいショックを受けた。心臓に重いパンチでも食らった気分で、夏目はよろけて机の縁に腰を打ちつける。そのまま机に片手をついたのは、そうしていないと膝が折れそうだったからだ。

秋吉のようにノンケの男が勢いで同性とキスなんてしたのだから、口を拭いたくなる気持ちもわかる。頭ではわかるのに、自分自身が汚いもののように扱われた気分になって足元がぐらついた。

その上秋吉はもういつもの無表情に戻ってしまい、そこにはキスをした直後の昂揚も、動揺すらも浮かんでいない。恋愛感情の存在しないキスはこんなにも冷え冷えとした表情で交わされるのかと思ったら、ようやく秋吉がこれほどに怒っている理由がわかった。

その気もないのに野々原に手を出すということは、今秋吉が自分を見ているのと同じ冷淡な目で、自分も野々原を見てしまうかもしれないということだ。

万が一野々原が自分を好きになってくれたとして、キスをした直後相手からこんな目で見られるとしたら。それは野々原が可哀相だ。

「わ……悪かったよ……」

気がつけば、突っぱねる気力もなく弱々しく呟いていた。

謝罪の後も秋吉からの反応はない。恐る恐る視線を上げると、相変わらず表情の読み取れない顔で秋吉がこちらを見ていた。

「……なんだよ?」

「……いえ、別に」

そう言いつつも秋吉は夏目から目を逸らさない。思いがけずあっさりと引き下がったので、

DMV

すぐにはこちらの言葉が信じられないのかもしれない。

秋吉に口元を拭われて傷ついていることを知られたくなくて、夏目は敢えてきつい眼差しで秋吉を睨んだ。

「もう野々原さんにはちょっかい出さねぇよ。それでいいだろ？」

「まあ、そうですけど……」

「大体、俺なんかが手ぇ出したところで、野々原さんがなびくわけないだろ」

自分なんてそんなに背も高くないし、話題も乏しいし、目つきも悪いし、と口の中でぶつぶつ呟いていたら、また秋吉が黙り込んだ。今度はなんだ、と睨み上げると、見る間に秋吉は毒気の抜かれた顔になる。

「……先輩、意外と自己評価が低いんですね」

「ああ？　どういう意味だ、それ」

よほどの自惚《うぬぼ》れ屋だとでも思われていたのだろうか。ムッとして夏目は秋吉から顔を背ける。そのまま椅子に座ろうとしたら、足元がふらついて再び机に手をついてしまった。

とっさに秋吉が背中に手を添えてきて、素肌に纏《まと》ったTシャツ越しに掌の熱を感じ、ドキリとした。大丈夫だ、と示すつもりで顔の横で手を振り、落ち着かない気分で首筋に手を置く。

「立ち眩みですか？　ちゃんと飯食ってます？」

先程苛立ちを露わにしたのが嘘のように平淡な声で秋吉が尋ねてくる。こちらはまだ動揺が尾を引いているというのに、切り替えの早さが忌々しい。その上秋吉の懸念を裏切らず、今日は朝からコーヒーしか飲んでいない。遡っても昨日の夜は、申し訳程度におにぎりをひとつ口に放り込んだだけだ。

「……食ってる」

本当のことを言えば呆れられそうで嘘をついた。首筋をさすっていた手を移動させ、中指と人差し指で耳朶を挟みながら答えると、間髪入れずに秋吉が断言した。

「嘘ですね」

迷いもなく言いきられ、その上真実を言い当てられたものだからぎくりとした。なぜ嘘を見破られたのかはわからなかったが、秋吉の声は確信に満ちている。

言い訳をするだけ無駄な気がして、夏目は観念して小さく頷いた。

「夜はちゃんと食うよ」

「本当ですか」

もう一度頷こうとしたが、きちんと食事ができる確証はなかった。またいつものように生協でおにぎりをひとつ買って終わりにしてしまう可能性が高い。それを馬鹿正直に言っても秋吉に小言を言われそうだし、嘘をついてもまたばれそうだ。

夏目は忙《せわ》しなく視線を動かす。ちらりと見た腕時計で時間を確認すると、昼休みが終わるまでにはまだ大分時間があった。チャイムが会話を打ち切ってくれることはなさそうだと、夏目はわざとらしい溜息《ためいき》で会話の幕を引いた。

「お前ホント……面倒臭い……」

本音では、自分の食生活なんて心配してくれる秋吉がこそばゆかった。けれど突然のキスや、唇を拭われた衝撃はまだ去らず、上手く表情を作れる自信がない。過剰に落ち込んだり喜んだりする顔を見られたくなくて、秋吉を直視しないままそう言い捨てた。

相手の親切を無下にした後味の悪さから腕時計の留め具を無意味に弄《いじ》っていると、今度は秋吉が溜息混じりに呟いた。

「仕方ないでしょう。先輩、駄目な感じがするんですよ」

これにはさすがに手が止まり、弾かれたように秋吉に視線を向けた。

「駄目ってなんだよ？　どういう意味だ、それ」

夏目が詰問してみても、秋吉はむっつりと口を噤《つぐ》んで答えない。それでもしつこく尋ねると一度は口を開きかけたが、またすぐに閉じてしまう。

その後何度尋ねても、結局秋吉はそれ以上「駄目な感じ」について語ることをしなかった。

◆◇◆

昔から秋吉は、なんでも早目に済ませる子供だった。

夏休みの宿題は七月中にあらかた終わらせたし、試験勉強は誰より早く手をつけたし、できることは先にやる、というのが秋吉の身上だった。

大学に入ってからもその質は変わらず、四年に進級してから授業数はかなり減った。三年までに卒業に必要な単位数は取っていたので、すでに週に一度のゼミ以外学校に来なくても卒業はできる。それでもほぼ毎日大学に来て何かしら授業に出席しているのは、週に一度のゼミのためだけに授業料を払うのがもったいないからに過ぎない。一足先に就職の内々定も受け、出席者の少ない一般教養の文学なんてとっている秋吉に、必修科目を落として再履修している周囲の友人たちは「余裕だなぁ」と感嘆の溜息をつく。

ゼミのある水曜は、朝一の授業を受けると午後のゼミまでぽっかりと時間が空いてしまうため、研究室でレポートなど書いて時間を過ごすようにしていた。期末試験まで一ヶ月を切ったせいか、最近図書館が混んできたせいもある。

研究室には四年生全員分の机とパソコンが置かれていて、それぞれ席が決まっている。秋吉の席は入り口の一番近くで、戸口に背を向けた格好だ。

そろそろ午後の授業が終わろうかという頃、秋吉は書き上げたレポートを印刷するため、入り口から見て正面奥にあるプリンターの前に立った。一枚一枚排出される紙を手に取って内容を確かめていると、背後で研究室の扉が開く。

「田島先輩？　……じゃなくて、秋吉か」

振り返ると、同級生の小糸川《こいとがわ》が生協の弁当を手に室内に入ってきたところだ。レポートの紙を束ねながら、なんで田島先輩が出てくる、と秋吉は呟く。

「ん？　だってお前ら二人ともデカいから、後ろから見ると一瞬わかんねぇんだよ」

だから間違えちゃった、と唇の端から舌を出した小糸川は、胸に『淋《さみ》しがり屋』と書かれたTシャツを着ている。どこで買ったのか想像もつかないが、小糸川はこうした馬鹿っぽいシャツを買い集めるのが趣味だ。

いつだったか、『変態外国人』と書かれたシャツを着ていたときはさすがに見逃せずその肩を摑んだ。それは一体誰向けのシャツなのか。漢字の読めない外国人を茶化すためのものなのか、はたまた自覚のある猛者《もさ》が自らそれに袖を通すのか、日本人である小糸川がそれを着ている意図はなんなのか。聞きたいことが山と重なり、結局どれも口にできなかった。

それに比べればレトロな丸文字の『淋しがり屋』はまだ可愛いものだ。小柄な小糸川が着ているとそこそこあざとい感じもするが。

レポートを手に秋吉が席に戻ると、隣の席から小糸川が首を伸ばしてきた。

「何それ、なんの授業のレポート？」

「お前には関係ない」

「待った待った！　あるよ、俺もその授業とってるもん！」

「写させてやるつもりはないぞ」

泣きつかれる前に断言すると、小糸川はフグのように頬を膨らませる。二十歳《はたち》も過ぎているくせに、そういう子供っぽい表情が小糸川には妙に似合う。

「なんだよ、頭いいくせにけちけちすんなよ！」

「頭なんてよくない」

「嘘つけー！　お前なんてうちの学科で一番に就職先決まったくせに！　必修の単位落としたこともないくせに！」

秋吉は無言でレポートを丸めると、スパン、と切れよく軽やかに小糸川の頭を叩いた。大仰に痛がる小糸川を無視して、それは頭がいいとは言わない、と胸の中で否定する。

むしろ秋吉は、自分のことを呑み込みの悪い不器用な人間だと思っている。だからこそ、事前準備に抜かりがない。周りの友人たちのように一夜漬けなんてしたら片っ端から単位を落とすことがわかっているので試験勉強も早々と始める。就職活動にしても、要領の悪い自分がもたもたしていたら、ただでさえ数の少ない就職先があっという間に他の者に奪われ、就職浪人なんてこともあり得るだけにスタートダッシュを最優先させた。それだけの話だ。

たった一晩教科書とノートを広げただけでギリギリ単位が取れてしまう小糸川の方が、きっと自分よりよほど頭がいい。

まだ隣でぶつぶつ言っている小糸川は放っておいてレポートをファイルに挟もうとした秋

吉は、ふっとその手を止めた。

(……さっき、田島先輩に似てるって言われたか?)

他人の言葉に即座に反応できないのはいつものことだ。相手に失礼なことを言われてもその場で怒りに着火せず、いくらか経《た》ってからひとり悶々《もんもん》とすることは多い。そんなとき、嫌でも自分の鈍さを実感する。今回は遅ればせながら小糸川の言葉に引っかかりを覚えただけまだましだ。秋吉はゆっくりとファイルにレポートを入れ直す。

(……もしかして、あの人も俺と田島先輩を間違えたのか)

先々週の金曜日、秋吉は酔った夏目を自宅まで送り届けた。

あの夜、自分にキスを迫った夏目は「間違えた」と言った。一体誰と間違えたのだろうと思っていたが、あれは田島と自分を見間違えたということなのかもしれない。

(だとすると、あの人は田島先輩とそういうことをするような関係なのか……?)

考え込んでいるうちに、小糸川に続いて他のメンバーも続々と入室してきた。次の時間はゼミなので、皆ここで昼食をとるつもりらしい。秋吉も生協で買った弁当を鞄《かばん》から取り出し、黙々と夏目のことを考える。

先週のゼミの日、院生室で夏目と口論めいたことをしてから、夏目の顔を見ていない。もともと院生室にこもりがちな夏目と顔を合わせる回数は少ないが、この一週間は不自然なほど遭遇していない気がした。自分が学校にいるとき、夏目は院生室で息を潜めているのではないかと疑ってしまうくらいに。

一度は夏目のキスを避けたくせに、今度はこちらから無理やりキスなんてしてしまったので怒って顔を見せないのだろうか。

(確かにあれは――どうかしてた)

ぱきりと箸を二つに割り、秋吉は弁当箱の蓋を開ける。

つき合っているわけでもない相手、しかも同性相手に了解も得ずキスをするなんて本当にどうかしている。だがあのときは、こちらも見ずに「お前には関係ない」と自分を突き放した夏目にカチンときた。

そもそも夏目が野々原の部屋に上がり込もうとしていた時点であまり気分がよくなかった。つい先日自分にキスを迫り、その理由を問い質《ただ》す隙もこちらに与えぬまま、今度は別の後輩に手を出すなんて、重ねて男女問わずとは、さすがに節操がなさすぎるのではないか。

せめてあの夜のことについて何か一言欲しかった。肩を摑んでこちらを向かせるだけのつもりが、なおも夏目が自分を見なかったものだから、つい引っ込みがつかなくなった。

(つい、で済む話じゃないな)

もそもそと弁当を食べながら、他人事《ひとごと》のように秋吉は思う。

だが過去の出来事は最早《もはや》事実として存在するのみで、後からそれに対して何か思ったところで変えようがない。そう思うから、いつだって過去を振り返る秋吉の顔にはどんな表情も浮かばない。そのせいか子供の頃の記憶はどれも希薄で、思い出せるものがほとんどなかった。

（それにしても、キス程度でそんなに怒るものかな……）

草食動物が草を食《は》むように一定のペースで箸を動かし、秋吉はわずかに首を傾げる。

以前夏目の方からキスを迫ってきたことを考えれば、キスひとつで顔も見せないほど夏目が怒るとも思えなかった。そもそも夏目にとって、キスにどの程度の意味があるのか。

（バイブとか使ってるような人が、たかがキスにそんなにこだわるとも思えないが）

心の声が外に漏れたら室内にいた全員が口の中のものを噴き出すだろうことを平然と考え、秋吉は弁当の蓋を閉じる。

夏目の部屋にはバイブがある。そのことを、秋吉はもう事実として了解している。

それを目撃したのは、夏目を自宅に送った夜のことだ。

夏目をベッドに横たえた後、名前を呼んでも揺さぶっても起きない夏目を残して秋吉はトイレに向かった。夏目の部屋は入ってすぐがごく狭いキッチンで、その奥に寝室兼居間がある。玄関を開けてすぐ左手の扉の奥は洗面台と洗濯機が置かれた脱衣所で、正面奥の扉が風呂、右手のドアがトイレに続いていた。

特にじろじろと室内を見ていたつもりはなかったが、脱衣所を通り過ぎるとき、洗面台に無造作に放り出されていたバイブを見てしまった。

妙に前衛的な形をした代物だった。滑らかな流線型で、しかし色はやたらと鮮やかな肉色で、一瞬ちょっとこじゃれたインテリアオブジェかとも思ったが、それにしては持ち手がある、スイッチもある。駄目押しのように洗面台の脇には使いさしのローションも置かれていて、立ち止まるつもりなどなかったのに数秒はその場から動けなかった。

あのとき、彼女と使っているのかもしれないとは思わず、夏目自身が使っていると反射的に思ってしまったのはなぜだろう。だからその後夏目にキスを迫られたときも、ああやっぱり、と思ってしまった。男に追いすがる姿がやけに板について見え、この人はいつもこんなことをしているんだろうかとも疑った。

直前に見たバイブと、実際使っていることを示す中身の減ったローションのインパクトは絶大で、酔った夏目の顔が近づいた途端、様々な想像が頭の中を駆け巡った。

こんなふうに簡単に、誰とでも。

冗談じゃない、と思ったら、とっさに夏目の体を押しのけていた。

あのとき夏目はぼんやりとした目で瞬きをして「間違えた」と呟きすぐに眠ってしまった。キスを避けられたことなんてなんとも思っていないふうだったのに。

（……なのにどうしてあのとき、あんな顔したんだろう）

先週のゼミの日、夏目にキスをした後秋吉が自分の口元を拭うと、それを見た夏目はなんだかひどく、傷ついた顔をしたように見えた。

あのときはただ、睡眠不足で目の下にクマなんて作っている夏目の唇が思いがけず柔らかいことに驚いて、今まで唇を重ねてきた女の子と比べても遜色がないんじゃないかなんて、本来比較の対象にもならないはずのことを思ってしまった自分にうろたえ、慌てて唇の感触を消そうとしただけだったのだが。

（あの程度で、なんで）

弁当の蓋に両手をかけたまま考え込んでいると、背後のドアが勢いよく開いた。

「おーい、夏目いる？」

声に反応して室内のメンバーがいっせいに振り返る。物思いに耽《ふけ》っていた秋吉も一拍遅れて振り向くと、小脇に数冊のマンガを抱えた田島が立っていた。

「夏目先輩なら来てませーん」

小学生のような返事をした小糸川は、目聡《めざと》く田島が抱えた本に気づいて目を輝かせた。

「先輩またなんかマンガ持ってきたんすか？」

「ああ、夏目に貸そうと思って。読む？」

秋吉の後ろを通り過ぎ、田島が小糸川の机の上に数冊の本を置く。いそいそと身を乗り出した小糸川だったが、期待に満ちていたその表情が見る間にしぼんだ。飴《あめ》かと思って口に含んだらビー玉だった、ぐらいのがっかり感だ。

「なんすか、これ。少女マンガ？」

「そう。夏目が急にはまっちゃってね」

「夏目先輩が？　少女マンガに？　えっ、似合わねぇ！」

小糸川の言葉にはいつも遠慮がない。悪意もない。だから不思議と敵を作らない。

からりと笑って声を張り上げた小糸川を見下ろし、田島は口元に浮かんだ苦笑を隠すように掌で顔半分を覆い眼鏡を押し上げた。

「なんかね、野々原さんに借りたマンガが甚《いた》く気に入ったんだって。それ以来急に少女マンガばっかり読むようになっちゃって」

野々原、という名に、わずかだが秋吉の肩先が反応する。

前回夏目には野々原に手を出さないよう釘《くぎ》を刺しておいたが、その後どうなったのだろう。院生室の外で偶然耳にした二人の会話から察するに、次のゼミの日、つまり今日マンガを貸すと野々原は言っていたが、それより前に何かやり取りをしたのだろうか。

考えるうちに、胸の奥にモヤモヤと重たい空気が溜《た》まってきた。だがその理由が判然とせず、秋吉は敢えてそれらしい理由をこしらえてみる。

(研究室の面子に誰彼構わず手を出されて、ゼミ内の雰囲気が悪くなったら問題だ……)

それなりにしっくりくる理由のような気もしたが、苦しまぎれの言い訳のようにも思えた。

本当はあのとき、どうしてあんなにむきになって夏目を止めようとしたのか自分でもよくわからない。自分にキスを仕掛けたり、野々原を口説いたり、急に夏目がチャラく見えて不愉快に思ったから、だろうか。

こういうとき、己の感情を分析するのが秋吉は本当に苦手だ。鈍い、と自分でも思う。

顔の前で両手の平を合わせて溜息をついたら、ポン、と後ろから肩を叩かれた。振り返ると、本を手にした田島がにっこりと笑う。

「秋吉も読んでみる？」

「いやいや！　秋吉が少女マンガとか、夏目先輩より似合わないでしょ！」

すぐさま小糸川が茶々を入れ、室内にドッと笑いが起こる。そうかな、と首をひねった田島が本を開き、同級生たちががやがやとお喋りに興じ始めたのを見計らい、秋吉は小声で田島に声をかけた。

「田島先輩、この前の居酒屋の続きなんですけど……」

ぱらぱらと本のページをめくっていた田島が、ん？　と身を屈めて秋吉に顔を近づける。

「……結局、夏目先輩の秘密ってなんなんですか？」

「ああ、まだそれ覚えてたんだ？」

意外そうな表情を浮かべる田島に、秋吉は無言でこくりと頷いた。

夏目の誕生日を祝うという名目で研究室のメンバーと飲んだあの日、夏目が席を外した隙に、秋吉は田島からこんな話を聞かされていた。

『実はさ、夏目にはちょっとした秘密があるんだけど……聞きたい？』

大分酒が回ってきたのか田島の頬は赤くなり、語尾も微妙に伸びていた。他愛もない話だろうと思いつつ秋吉が頷くと、田島はもったいぶって辺りを見回し、口元に手まで添えて言ったのだ。

『夏目ね、動揺したり、嘘ついたりするとき、耳を触る癖があるんだ』

へえ、と返した声に取り立てて感動がなかったのは、それがどの程度信憑性《しんぴょうせい》のある言葉なのかよくわからなかったからだ。その反応が面白くなかったのか、田島はますます秋吉に顔を近づけ、さらに声を低くした。

『それだけじゃないよ。夏目にはもうひとつ秘密がある』

それはね、と言いかけたところで夏目が戻ってきて、それきり話は途切れたままだ。

あの後、田島が席を離れたタイミングで早速試してみたところ、確かに夏目は嘘をつくとき耳を触る癖があるようだった。先週、院生室で話をしたときも確かめたので間違いない。

ゲイじゃない、と言いながら夏目は耳元に指を伸ばしたし、最終的にはゲイだと認めた。

だからこそ、今になってあのときの田島の言葉の続きが気になった。他にも何か秘密があるのなら、聞いてみたい。

椅子に座ったまま、秋吉は神妙な面持ちで返事を待つ。その様をしばらく見下ろしてから、田島はフッと眼鏡の奥の目を細めた。

「普段あんまり周りに興味がない秋吉が、珍しいね」

「そうですか？」

「そうだよ。こんなことそうないからなぁ。もうちょっとお預けにしておこうかな」

笑いながら、冗談めいた口調で田島が言う。秋吉はそれに異論を挟むでもなく黙って田島の顔を見上げ続けた。にこりともしない秋吉に気づき、からかいがいがない、と肩を竦めた田島が口を開きかけたとき。

「あれ、田島先輩こんな所で何やってんですか？」

後から研究室に入ってきた四年生に声をかけられ、部屋の入り口に立っていた田島が通路を空けようと半身になる。

「ああ、夏目を探してるんだけど」

「夏目先輩ですか？　だったらさっき、コピー室に入ってきましたけど？」

ホント？　と眼鏡の奥の目を見開いた田島は、直前まで秋吉と交わしていた会話など忘れた顔で廊下に飛び出した。秋吉はとっさに田島を引き止めようと身をよじるが、白いワイシャツに包まれた背中はあっという間に遠ざかる。今の調子ならぺろっと夏目の秘密を教えてくれそうだったのだが。また次の機会を待つしかなさそうだ。

溜息をつき空の弁当を片づけていると、小糸川の机に積み上げられていたマンガが崩れて秋吉の席に雪崩れ込んできた。表紙では、制服を着た華奢《きゃしゃ》な少女が頰を赤らめている。

研究に夢中でロマンスとは縁遠い夏目が少女マンガを読む姿など想像もつかないが、本当に何か興味を引かれるものがあったのだろうか。それとも単に、野々原に話を合わせているだけなのか。

　とりあえず一冊手に取ってぱらぱらページをめくっていると、主人公の少女が男子生徒に壁際へ追い詰められるシーンが大ゴマで現れた。

（……壁ドンか）

　最近巷《ちまた》でよく聞くものの、実際紙面で見ると脅迫しているようにしか見えなかった。そこに書かれているセリフも「俺のこと好きだって言えよ」という独りよがりな押しつけがましいもので、これで頬を赤らめる主人公の気持ちがわからない。

　その後も額をつつくシーンを見ては（ギャグか）と眉を寄せ、頭を撫でるシーンは（子供扱いだな）と断じ、お姫様抱っこに至っては（肩に担ぐ方が楽だろうに）と分析する秋吉は、自分にこの手の本を楽しむセンスはないらしいと早々に見切りをつけて本を閉じた。

「どう、面白そう？」

　秋吉が本を置くのを待っていたように横から小糸川が声をかけてきた。秋吉が黙って首を横に振ると、「そう言うと思った」と小糸川はさも楽しそうに笑う。

　キャスターつきの椅子をごろごろと引いて秋吉に近寄った小糸川は、雪崩れ落ちたマンガを手元に引き寄せながらそっと秋吉に耳打ちしてきた。

「な、田島先輩と野々原さん、最近いい雰囲気だって知ってた？」

空の弁当箱が入った袋を手に立ち上がりかけていた秋吉は、椅子から腰を浮かせる直前の半端な格好で動きを止める。それが返事の代わりになったようで、小糸川は「秘密な、秘密！」と口の前に人差し指を立ててみせた。

「ほら、田島先輩マンガのことなら超詳しいから、野々原さんともよくマンガの話で盛り上がってたんだよ。それが最近、学校の外とかでも会ってるっぽくてさ」

秋吉は、へぇ、と低く呟いて席を立つ。

「へえ、って。そんだけ？」

「いや、驚いた。夏目先輩はそれ知ってるのか？」

「え、いや、それは知らないけど……知ってんじゃないの？　田島先輩と仲いいし」

それもそうかと頷いて、秋吉は部屋の隅に置かれたゴミ箱に向かう。溢れそうなゴミ箱に空の弁当箱を放り込む瞬間、だからか、と思った。

（だから急に自分から野々原さんに声をかけたのか……？）

ここ何ヶ月か、野々原はかなりわかりやすく夏目の気を惹《ひ》こうと頻繁に声をかけていた。

夏目は自分のことを背が高くないだの目つきが悪いだの言っていたが、夏目の身長は平均的だし、長い前髪に隠されがちな目は切れ長で、どちらかといえば美男子の部類に入る。ただ、無造作に伸ばした髪や姿勢の悪さがそれを目立ちにくくさせているだけだ。

野々原の話によれば、他の研究室にも夏目の隠れファンはいるらしく、『抜き身の刀剣』

というわけがわからない上にやたらと不穏な二つ名までつけられているらしい。もしも夏目がもう少しとっつきやすい性格なら、もっとわかりやすくモテていたことだろう。

だが、当の夏目は野々原の積極的なアプローチにも無頓着で、まるで気のあるそぶりを見せなかった。それがここにきて急に自分から野々原の家に遊びに行くなどと言い出したのは、もしや田島と野々原が急接近したからではないのか。

飲み会の夜、夏目が自分と田島を間違えてキスを迫ったのだとしたら、夏目は田島に想いを寄せている可能性も出てくる。

田島を取られたくないばかりに野々原に声をかけたのだとしたら、それは横恋慕というやつで、何がどう転んだとしても、誰も報われない結果しか残らない。

（……駄目だろ、それは）

研究のことになると他の追随を許さないほど頭が切れて、教授にも一目置かれている夏目なのに、どうしてこんな簡単な結末に思い至らないのか。はたまたわかってやっているのか。ならば相当に性格が悪い。

相変わらず駄目な感じのする人だな、と秋吉は思い、すぐさま「駄目な感じってなんだよ」と院生室で夏目に噛みつかれたことを思い出した。

駄目な感じは駄目な感じだと思ったが、夏目には上手く伝わらなかったようだ。もしかすると言い方が違うのかもしれない。

ゴミを捨てて席に戻ると、秋吉は黙々と少女マンガを読む小糸川に尋ねてみた。

「駄目な感じがするって、何か他に言い方なかったか？」

んー、と気のない返事をして、小糸川は本から目も上げない。意外に面白いようだ。

「駄目な感じって、何に対して？」

「人間に対して」

「じゃあ、ダメ人間とか、廃人とか？」

「いや、そういうんじゃなくて……もう少し違う駄目な感じだ」

あー、と間延びした声を上げ、小糸川は本のページをめくる。

「じゃあー……放っとけない感じとか？」

一瞬、近い、と思ったが、すぐに何か噛み合わないものを感じて秋吉は黙り込む。

確かに夏目は放っておけない。飲み会の夜も、夏目はひとりで帰れると言い張り皆と別れたが、どう見ても千鳥足なのが放っておけず自分から後を追いかけてしまった。

だがそれは、夏目に対して日常の折々に感じる『駄目な感じ』とは少し違う。普段感じるそれは、もっと危うい。斜めに大きく傾いたジェンガを見ている気分だ。

そこまでわかっていてもなお、夏目の折れそうに細い首や、ほとんど日に当たっていない白い肌や、頬にかかる伸びた髪や、その下の伏しがちな目元を見るときに過ぎる感情を、秋吉はどうしても上手く言葉にすることができない。

そんなことを考えていたら、つい最近もこれと非常によく似た感覚に陥ったことを思い出した。夏目の誕生祝いを兼ねた飲み会の夜だ。

中学校以前の記憶はほとんどないが、小学校時代のガキ大将だけは覚えていた秋吉を許し、「恨み事は忘れないタイプ」と夏目が言ったときも、今と同じような気分になった。

恨むというのとは少し違う。ぼんやりと思い出せる記憶の中には、当時は相当に腹を立てただろうと思われるものもあるが、この年になってまで引きずるほどとも思えない。

だが、その相手のことは忘れられない。正確には、その相手と一緒にいるとき何か強い感情が胸を過ぎった記憶が未だに消えない。場所も時間も、そのとき相手がどんな顔をしていたのかすら思い出せないのに、どうしてかあのときの胸の軋《きし》むような気持ちは鮮明だ。悔しいのとも悲しいのとも腹立たしいのとも違う、この感情をなんと言ったものか――。

「そもそもさぁ、その駄目な感じって、どういうときに感じるわけ?」

マンガに没頭しているとばかり思っていた小糸川に声をかけられ、急速に現実に引き戻された。どんなとき、と秋吉は小糸川の言葉を繰り返す。

「……まともに飯も食わずに青白い顔してるときとか」

「まるで夏目先輩じゃん」

「夏目先輩の話だ」

ぼそりと返すと、ようやく小糸川が本から顔を上げた。と思ったら、小糸川は弾かれたようにゲラゲラと声を立てて笑う。

「そりゃやっぱりダメ人間っつーんだよ！　自分の興味あることしか見えてないんだから」

「いや、あの人は——……」

きちんと周りの人間も見てる、と言おうとして、秋吉は言葉を切る。知らないのなら、わざわざ教えてやるほどのことでもない。

秋吉が初めて夏目に会ったのは、二年の実習の授業だった。あのとき夏目はまだ学部生だったはずだが、なぜか他の院生と一緒に授業のサポートに当たっており、夏目は院生なのだと当時の秋吉は頭から信じ込んでいた。

部屋の隅で、後輩たちの様子も見ずに資料をめくる夏目の横顔は、今と変わらず血の気が失せて白かった。俯《うつむ》いた首の細さにぎくりとした覚えもある。ユリの花の茎がぽきりと折れて、花が落ちる様がやけに鮮明に浮かんでしまい、無造作に伸びた髪が項《うなじ》に垂れて細い首を隠してくれたときは、なんだか妙にホッとした。

ほとんど口を利かずに実験の成り行きを静観する夏目の表情はどこか不機嫌そうで、実験中にトラブルが起きても夏目に声をかける者は誰もいなかった。このまま一言も発することなく終わるかと思いきや、最初は愛想がよかった院生たちが長引く実習にダレて無口になってくると、入れ替わるように無愛想ながら夏目が下級生たちに助言を与え始めた。

「ちょっと数値に無理がある」だとか「フローチャートから考え直せ」だとか。ごく短い言葉ではあったが、夏目の言葉は的確だった。

秋吉の班はなかなかメンバーの意見がまとまらず、実習を終えたのは最後になった。その場でまとめたレポートを秋吉が院生のひとりに提出すると、「今度はもう少し段取りよくやってね」と飽いた顔で言われてしまい、秋吉は黙って小さく頭を下げた。その横にいた夏目にも会釈をして立ち去ろうとすると、夏目が独り言のように呟いた。

「お前たちの班、ブロックで車作るのは一番早かったのにな」

実験の前半はほとんど後輩たちを見ていなかったようなのに、思いがけずそんな言葉をかけられすぐに返事ができなかった。夏目は、お前器用だな、と秋吉の手元を覗き込んで、何かを読み上げるような抑揚のなさでこう言ったのだった。

「お前、結構プログラムのセンスあるよ」

最後に、お疲れさん、とついでのようにつけ足した夏目の横顔は前髪に隠され、どんな表情でそう言ったのかはわからなかった。秋吉の目に残ったのは、項から背骨に続く、どきりとするほど細い首のラインだけだ。

夏目に対する第一印象は、『とにかく細い人』だった。そしてそれは、研究室に入って、間近でその姿を目にするようになっても変わらなかった。

それまでも朧に感じていた『駄目な感じ』が明確になったのは、いつ頃だろう。

去年秋吉がゼミに入ったときからすでに、夏目は院生室にこもっていることの方が多かった。たまに出てきても終始仏頂面で、過度の栄養失調と睡眠不足を周囲が危ぶむほど細く、白い。酒が入ると途端に饒舌になるが、話の内容はマニアックな研究のことばかりで、研究室でもついていけるのは田島くらいだ。去年の夏合宿でも飲みの席で研究話に花を咲かせ、気がつけばテーブルには自分と夏目の二人しかいなかった。

白い頬を珍しくアルコールで赤くして、こちらの反応も見ず楽しそうに喋り続ける夏目を見て、ひしひしと駄目な感じがする、と思っていたら、それまで遠い霞《かすみ》の向こうを見ているようだった夏目の瞳が急に焦点を結んだ。辺りを見回し、テーブルに秋吉しかいないことに気づくとさすがにばつの悪そうな顔になって首を縮める。

「……悪い、ひとりで盛り上がって」

「いえ、別に構いませんけど」

夏目の独り語りをつまみに酒を飲んでいた秋吉は本心からそう答えたのだが、夏目は居心地悪そうに肩を窄《すぼ》めて隣のテーブルを指差した。

「いいから、お前もあっちのテーブル行っていいぞ。そのうち田島も戻ってくるだろうし」

「大丈夫ですよ。何気を遣ってるんですか」

「だって、面白くないだろ」

眉を八の字にしてぼそっと呟いた夏目の表情は、なんだかやけに幼く見えた。

その表情と言い草から、本気で隣のテーブルに自分を追い払おうとしているわけではなさそうだと判断して、秋吉は手の中のコップを回す。

「面白いですよ。普段の三倍速で喋る先輩」

半ば炭酸が飛んだサワーが、コップの中で弱くさざめく。虚を衝《つ》かれたような顔でこちらを見た夏目の顔は一層子供っぽくて、秋吉は唇に浮いてしまった笑みを手の甲で隠した。

「面白いので、続けてください」

あのときの、夏目の顔が忘れられない。

花が咲くように、糸がほどけるように、氷が溶けるように。思いつく限りの何かが緩んでいく表現を駆使しても足りないくらいに夏目はたちまち破顔して、本当にマニアックな話を続行した。舌の滑りは前よりさらによくなったようで話の半分も理解できなかったが、ひとりで喋ってひとりで笑って、自分の言葉で何か発見して興奮する夏目を見ているのは面白かった。

その頃を境に、夏目から『駄目な感じ』を受けることが多くなった。

別段それをきっかけに夏目との距離が縮まったというわけではない。合宿から戻っても相変わらず夏目は無愛想で、田島以外とはあまり喋らなかった。それでいて、後輩たちが困っているとどこからともなくやってきて、いらぬ世話を焼いていく。居酒屋で誕生会を開く少し前にも、小糸川たちに泣きつかれて中間試験の過去問を方々から集め、解説までしてやっていた。

期末試験とは異なり、中間試験はさほど成績に影響がない。本番の期末試験で単位が取れるか取れないか、ギリギリの生徒をふるいにかけるときに少し意味を持つくらいだ。夏目だってそれくらいわかっていたはずなのに、わざわざ過去問をかき集めてきた。

サマーカレッジに向け準備が本格化しており、自分だってろくに眠っていないだろうに、真っ白な顔で講義めいたことをする夏目を見て『駄目な感じ』はますます募った。

ダメ人間とは違う。まして廃人などとは思ったこともない。人として駄目、というのとも少し違う。噛み合わない感情に焦れ、秋吉は小さく奥歯を噛み鳴らした。

カチリ、と骨を伝わって響いた音に、過去の記憶が喚起される。

小学生の頃も、自分をいじめていたガキ大将を前に、同じことを思わなかっただろうか。奥歯を噛んで、何かを堪《こら》えた記憶が微《かす》かに蘇る。だが。

（――……駄目だ、出てこない）

しかめっ面でしばらく考え込んでみたが、結局今日もそれらしい言葉や思い出を掘り当てることはできなかった。こと記憶に関しては、本当に自分は使い物にならない。

秋吉は一度体を弛緩させてから席を立つ。ゼミが始まる前にコーヒーでも飲もうと、ジーンズのポケットに財布を突っ込んで研究室を出た。

廊下に出ると、騒がしい研究室から一転して静かな空間が秋吉を迎えた。

リノリウムの長い廊下の両脇には、他の研究室や実習室の扉がずらりと並ぶ。突き当たりには階段があり、踊り場の窓から日が射していた。電気のついていない踊り場に落ちる夏の光は眩しく、どうしてか蛍光灯の光が降り注ぐ廊下の方が暗く感じた。

窓から射す光の中を、ゆっくりと埃《ほこり》が上下する。微生物が水の中を泳ぐようなその動きを見ていると胃の辺りに重苦しい空気が溜まり、秋吉は向かいのコピー室に目を向けた。

自分でも理由が定かでないが、秋吉はあまり夏が好きでない。冬の午後の静けさは好きなのだが、夏の昼下がりの静寂は言いようもなく憂鬱になる。べたりと肌にまとわりつく湿気を帯びた熱い空気も、むせ返るような緑の匂いも、どうも苦手だ。

やはりコーヒーを買いに外へ出るのはやめようか。ポケットの上から財布を押さえ、行くか戻るか迷っていたら、向かいのコピー室からガタンと大きな音がした。続いて響いた焦ったような声は、どうやら田島のもののようだ。

田島は夏目を探してコピー室へ向かったはずだ。ということは、夏目も中にいるのだろう。思うが早いか、秋吉は大股で廊下を横切り、勢いよくコピー室のドアノブを引いた。

コピー室とはその名の通り、物置のような狭い部屋にコピー機が二台と、トナーや印刷用紙が並んだ棚が置いてあるだけの部屋だ。

ドアを開けた瞬間目に飛び込んできたのは、棚の前に立つ田島の後ろ姿だった。だが、肝心の夏目の姿がない。忙しなく視線を動かしていたら狼狽《ろうばい》顔の田島が振り返って、その肩口に夏目が凭れかかっているのが見えた。

秋吉はノブに手をかけたまま、室内に足を踏み入れることも忘れて二人の姿を凝視する。どう見ても、夏目が田島に全身を預け、それを田島が抱きしめているようにしか見えない。

秋吉が棒立ちになっていると、田島が上ずった声を上げた。

「秋吉……！　ちょっと……ぼーっと見てないで手伝ってくれ！　夏目が倒れた！」

倒れた、という言葉でようやく我に返り、秋吉は慌てて二人の元に駆け寄る。

夏目はほとんど自力で立っておらず、今にも膝が床につきそうだ。それを田島が体を仰《の》け反《ぞ》らせる格好でなんとか支えていて、秋吉は場違いに「人という字は……」という有名すぎるセリフを思い出した。まさに今、二人は全身で「人」という形を表している。

そんなことを考えている余裕などなさそうだと秋吉が悟ったのは、田島の肩に頬を押しつけた夏目の顔を見たときだ。夏目は顔面蒼白《そうはく》で、閉じた瞼《まぶた》には青白い血管が透けて見えた。

秋吉は夏目と田島の胸の間に片腕を突っ込み、とりあえず二人を引き剝《は》がす。すると今度は、秋吉の胸に背中から夏目が倒れ込んできた。足にまともに力が入っていないらしい。

「どうなってるんです、意識ないんですか」

「いや、意識はあると思うんだけど……夏目、聞こえるか？」

田島の声に応えるように夏目の瞼が痙攣《けいれん》する。うっすらと目を開いた夏目がこちらを見て、何か言いた気に口元を動かした。

「な、なんだ？　秋吉、何か言ってるけどどうする……⁉」

おろおろと夏目の顔を覗き込む田島を制し、秋吉は胸に夏目を寄りかからせたまま身を屈めた。心配顔の田島に手を貸してもらい、夏目の腰をくの字に折らせて肩に担ぐと、そのまま一息に立ち上がる。

「あ、秋吉、重くないか？」

「重いです。けど、この人自力で歩けそうもないんで、医務室まで連れていきます」

「俺も行こうか？」

大丈夫です、と短く返し、秋吉は夏目を肩に担いだまま廊下に出た。足早に廊下を歩いて階段を下りると、秋吉の腹の辺りで夏目の足が力なく揺れる。意識があるのだろうかと思っていたら、背中で夏目がぼそりと呟いた。

「お前……米袋じゃねぇんだからよ……」

どうやら意識はあるらしい。秋吉は踊り場で立ち止まって夏目を担ぎ直すと、あまり夏目に振動が伝わらないよう少し歩調を緩めた。

「仕方ないでしょう、緊急事態だったんですから」

「だからって、お前……」

「本当はファイヤーマンズキャリーって担ぎ方が一番楽なんですけど」

「……なんだそれ」

「とりあえず先輩の脚の間に手を突っ込みます」

「いい、やめろ、よせ」

背後で夏目が首をもたげる気配がしたが、またすぐに力尽きたのか背中に額が押しつけられる。一階に下り、出ますよ、と声をかけてから秋吉は研究室棟の出口扉を押し開けた。

外に出ると、緑と土の匂いを目一杯吸い込んだ湿った熱気が迫ってきた。一瞬眩暈《めまい》を覚えたものの、いつものように気が滅入ることがなかったのは、きっと一刻も早く夏目を医務室に運ぼうと気が急《せ》いていたためだろう。

夏目を担いで中庭を横切ると、すれ違う人たちがギョッとした顔で振り返る。見知らぬ相手にいちいち事情を説明している暇もないのでそれらの視線をやり過ごして歩いていると、背中で夏目が何かぶつぶつ呟いていることに気がついた。どうやら肩に担ぎ上げられたのが気に入らなかったらしい。

「すぐ着きますから、少しくらい我慢してください」

「……少しってったって、物じゃねぇんだから」

立ち止まって担ぎ直す時間も惜しいので適当に聞き流していたが、夏目の不満声は止まらない。黙っているとどんどんその声が不穏になっていくようで、秋吉は夏目の気を逸らすつもりで口を挟んだ。

「だったら、お姫様抱っこでもしてあげましょうか」

先程マンガで見たシーンがまだ頭のどこかに残っていたらしい。深く考えもせず口にしたら、ふいに夏目の声がやんだ。

もちろん秋吉は冗談のつもりで、夏目も「なんだそれ」と呆れ声で返事をするものだと思っていた。それなのに、予想外の沈黙に歩調が乱れる。

「……先輩？」

「…………なんだよ」

「本当にお姫様抱っこがよかったですか？」

「……なわけないだろ！　もう少し丁重に扱えってだけだ！」

背中で夏目が喚《わめ》いて、胸の前に垂らした両脚がジタバタと暴れた。だが、否定する直前わずかに声を詰まらせたのは隠せない。

まさか本気で少女マンガのシチュエーションに憧れているのだろうか。背中を振り返ったら、肩に担いだ夏目の体が水を含んだかのようにずしりと重くなった。急に大声を上げたのがいけなかったのか夏目はぐったりとして動かなくなり、慌てて歩幅を広くする。

医務室に到着して中にいた保健師に事情を話すと、すぐベッドに横になるよう言われた。一通り夏目の様子を確認した保健師は、熱などはないので恐らく貧血だろうと言い残し、少し席を外すと部屋を出ていってしまう。小学校の保健室とは違い、さすがに二十歳も過ぎた男の面倒をまめまめしく見てくれるわけではないようだ。

たかが貧血とはいえ夏目をひとりこの場に残すのは心許《こころもと》なく、秋吉は白いカーテンで仕切られたベッドに夏目を横たえると、枕元まで丸椅子を引き寄せて腰を下ろした。

「大丈夫ですか、先輩」

覗き込んだ夏目の顔は、真っ白な枕に溶け込んでしまうほどに白い。夏目は大丈夫だと顔の横で緩く手を振ってみせるが、細い手首に浮き出た骨が痛々しい。無骨なラバーの腕時計などつけているのが、逆に華奢さを強調している。

「最後に飯食ったの、いつです」

低い声で尋ねると、夏目は目を閉じて寝たふりをした。

黙ってその顔を見下ろしていると、そっと夏目が薄目を開け、秋吉と目が合うなり観念した顔で溜息をつく。

「……覚えてねぇ」

「貧血どころか餓死しますよ」

「大袈裟なんだよ」

「現に倒れたじゃないですか」

「あれは別に……そういうんじゃねぇし」

「そういうのでないのなら――……」

なんなのか、と問いかけた秋吉は、コピー室の扉を開けた瞬間目に飛び込んできた光景を思い出して眉根を寄せる。

とっさに夏目が田島に抱きついていると思ったが、実際その通りだったのではないか。予想外に秋吉が入室してきたので、慌てて貧血を起こしたふりをしたのかもしれない。

夏目は仏頂面で秋吉から目を逸らしたままだ。今度はしばらく待っても一向に視線が戻ってこない。頑《かたく》なその横顔を見ていたら、ふいにその目をこちらに向かせたくなった。

「そういうのでないのなら、無理やり迫ってただけですか？　俺にしたみたいに」

秋吉の言葉が終わらぬうちに夏目の頬がサッと強張《こわば》り、慌てた様子でベッドの上に身を起こした。視線は秋吉ではなくベッドを囲むカーテンの上を走り回り、何をしているのかと思ったら、カーテンの向こうの様子を窺っているようだ。

「先生ならさっき出ていきましたよ。他にベッド使ってる人もいないみたいですし」

「お前…っ…だからってこんな場所でそんな話……！」

「学校内で誰彼構わず手を出すよりはマシでしょう」

グッと夏目が声を詰まらせる。図星か、と思ったら、自然と声が低くなった。

「この前は俺で、その次が野々原さんで、今度は田島先輩ですか」

「そうじゃないって……！　そもそもお前のことは、別に……」

「俺は田島先輩と間違えただけですか？」

違う、と夏目は短く即答する。少し苛立ったような表情と尖《とが》った声はそれ以上の追究を拒む雰囲気が強く漂っているが、恐らく嘘だろうと秋吉は思った。

本人はまったく意識していないのだろうが、夏目は先程からずっと中指と人差し指で耳朶を挟んで弄っている。嘘をついているか、動揺している証拠だ。

「野々原さんにはもう手を出してないですよね」

ためしに話題を変えてみると、スッと夏目は耳元から手を離す。話が逸れてホッとしたのだろう。わかりやすい。

夏目はシーツの上で胡坐《あぐら》を組むと、しかめっ面でそっぽを向いた。

「お前には関係ないだろ。それともお前、野々原さん狙いか」

「だとしたら、ちょっかい出すのやめてくれるんですか？」

野々原のことをそういう目で見たことはなかったが、秋吉は敢えて返答をぼかす。

夏目は頬にかかる前髪の隙間からちらりと秋吉を見ると、ふぅん、と鼻先で気のない返事をした。表情も田島の話をしていたときとは打って変わってだるそうになり、話に飽きてきたのか自身の腕時計に視線を落とす。

「そういうことなら、協力してやろうか？　最近野々原さんよく院生室に来るし」

夏目が耳を触る様子はない。本気のようだ。以前は野々原の部屋に押しかけようとしたくせに。夏目にとって野々原は、真実実験対象でしかないということか。

（それとも、野々原さんを田島先輩に近づけさせないために俺とくっつけるつもりか？）

それもあり得る話だ。秋吉は夏目から目を逸らさず、いいえ、と静かに首を振った。

「何もしないでいいです。むしろ手は出さないでください」

「へー、本気っぽい」

指先で時計の文字盤を弾いた夏目が面白そうに唇の端を持ち上げる。否定しようとしたが、この様子ではむしろますます夏目の興味を煽ってしまいそうだ。だからといって黙っていても、夏目が大人しくしている確証はなかった。妙な勘違いをさせて野々原を巻き込んでしまうのも本意でなく、秋吉は最後の手段に出ることにした。脅し文句には使いたくなかったが、この際仕方がない。

「変に口突っ込むと、バイブのことばらしますよ」

昼休みの終わりが近いのか、時計に視線を落としっぱなしだった夏目が顔を上げる。すぐには言われた意味がわからなかったのかぼんやりと視線をさまよわせてから、急に頭の中の回路が繋がったかのようにぐわっと両目を見開いた。

「お……おま…っ…お前……っ……！」

指先に針金でも入ったかと思うほど奇妙な形に夏目の手がねじれた。

今の今まで、秋吉が脱衣所に入ったとは夢にも思っていなかったらしい。むしろ他人が家に上がり込んだ時点で真っ先にそれを心配しそうなものだが。やはり夏目は、駄目な感じがする。

唇を上下させるだけで言葉のない夏目を横目に、秋吉はザラリと自分の項を撫で上げた。

「あと、学校で誰彼構わず手を出すのもやめてください。特に田島先輩とか。いつか俺以外の人間にもばれますよ、先輩がゲイだって」

「ほ、放っとけよ……」

「放っておけません」

口にしてから、ああ、近い、と思った。駄目な感じは、放っておけない感じに似ている。だが近いだけで、そのものではない。

驚いた顔をする夏目を目の端で捉えたまま、秋吉は溜息とともに呟いた。

「先輩、なんか駄目な感じがするんですよ」

またしても夏目の顔から表情が抜け落ち、続いて眉間にギュッとシワが寄る。

「それ、前も言ってたな。なんだよ駄目な感じって、ダメ人間ってことか？」

ダメ人間。それもまた近い気がする。だが違う。もっと危うい。

口を開きかけたところでチャイムの音が室内に鳴り渡った。午後の授業が始まる時間だ。

秋吉は立ち上がると、夏目に軽く会釈をして踵を返す。ベッドを囲うカーテンの向こうから「だから、駄目な感じってなんだよ！」と夏目の声が響いてきたが答えなかった。

正確には、自分でもその想いを上手く言葉にできずに答えられなかったのだが。

医務室から外に出ると湿った熱風が肌にまとわりつき、秋吉はそれらを振り払おうと上空に視線を飛ばす。目が痛むほど青い空に遠い記憶が呼び起こされる気もしたが、結局それもわからないまま、秋吉は俯いて後ろ首を掻《か》きながら研究室棟へ戻ったのだった。

最近図書館の混み方がひどい。図書館の窓際にはひとり掛けの自習机が並んでいるのだが、普段は閑散としたその場所がびっしりと生徒で埋まっている。六人は優に座れる長テーブルも一杯だ。

図書館ロビーもごちゃごちゃして、学食は食事時に関係なく席が埋まっている。

時間をかけて席を確保するのも煩わしく、秋吉は研究室に顔を出すことが多くなった。

「あれー、秋吉最近よくここにいるけど、なんで？」

その日も研究室で他のメンバーたちと昼食をとっていると、後から部屋に入ってきた小糸川が不思議そうに尋ねてきた。

例によって例のごとく、小糸川のTシャツには『御涙頂戴』という謎の言葉がプリントされている。だが研究室のメンバーはもうその光景に慣れきって、誰もシャツに突っ込まない。秋吉も、あれを何か意味深長な四字熟語と思い込む外国人観光客を想像して、自分も英字がプリントされたシャツに気安く袖を通すのはやめようと密《ひそ》かに思うくらいだ。

静かに心戒める秋吉の肩口で、小糸川がけん制するようにぼそっと囁《ささや》いた。

「まさか秋吉、もう卒論の概要とか考えてるんじゃないだろうな？」

「まさか。それより前期試験が先だろう」

小糸川は明らかにホッとした顔になり、気が早いなぁ、とからかう口調で笑った。

「早くない。図書館も学食も試験勉強してる奴らで一杯だぞ」

「うっそだぁ、だって試験までまだ二週間はあるだろ?」

「二週間なんてとっくに切ってる」

ほら、と卓上カレンダーを手渡してやると、受け取った小糸川の顔が見る間に強張った。

「マジで二週間もない!」

「だから、さっきから言ってるだろう」

「えー! 俺過去問も集めてないのに!」

騒ぎ始めた小糸川につられたのか、その場にいたメンバーの間にもざわっと焦燥の風が吹いた。「お前過去問集めた?」「お前は!?」と慌ただしいやり取りをした後、室内に不可思議な沈黙が訪れる。秋吉を除く全員の視線が部屋の中央で交差して、皆同じ結論に至ったように頷き合った。

「院生室行くぞ」

小糸川が口火を切り、皆がいっせいに立ち上がった。過去問などなくとも普段の演習を見直しておけば問題ないと皆の会話を聞き流していた秋吉だったが、突然の一致団結に唖然《あぜん》とし、さすがに何事かと後を追う。

小糸川を先頭に院生室に雪崩れ込んだ一行は、他の院生には目もくれず、部屋の隅でパソコンにかじりつく夏目めがけて突進した。

「夏目先輩！　ヤバいっす、過去問全然集まんないっす！」

ああ？　としゃがれ声を上げて画面から顔を上げた夏目は、一体どれほど睡眠を削っているものか、目の下にくっきりとクマができている。外見など構っていられないとばかり髪も後ろに引っ詰めて、どうやらサマーカレッジの準備は修羅場へと突入しているらしい。

それでも夏目は、後輩たちにわっと泣きつかれると、キーボードから手を離す。

「夏目先輩過去問持ってないっすか！　去年上の先輩たちに見せてませんでした⁉」

「あー……、ああ……。そういえば、去年もお前らみたいに泣きついてきた馬鹿がいたな」

「ああ、馬鹿でいいですから過去問恵んでください！」

小糸川が直角に腰を折る。『御涙頂戴』とプリントされたシャツが空気を孕《はら》んでぶわりと膨らみ、小糸川の後ろに並んでいた後輩たちも揃って頭を下げた。それを見た夏目は、心底面倒臭そうな顔で鼻の頭にシワを寄せる。

(でも絶対、突き放さないんだよな)

院生室の入り口に立った秋吉には、次の夏目の行動が見えるようだ。

案の定、夏目は大儀そうに溜息をつくと、緩慢な動作で椅子から立ち上がった。

「確か、ロッカーに全部突っ込んであると思うから……ちょっと待ってろ」

「マジっすか！　できたらこの前みたいに解説も……！」

「そこまで面倒見きれるか」

すれ違いざま小糸川の頭を小突き、夏目が入り口に近づいてくる。

秋吉に気づくと夏目は一瞬視線を揺らめかせたが、特に何も言わずその横を通り抜けていった。秋吉も、黙って夏目の背中を見送る。

「それじゃ、どうも失礼しましたー」

院生室に乗り込んできた悲愴《ひそう》さとは打って変わり、軽い調子で小糸川たちが院生室のメンバーに挨拶をして部屋を出ていく。秋吉もそれに続いて隣の部屋に戻ると、扉が閉まった途端小糸川が両手を天井に突き上げた。

「よーっしゃ、これで過去問は問題なぁし！」

よかったよかったと、春のつくしのようにそこここからのどかな声が上がり、室内に楽観的な空気が充満する。勉強するのはこれからだろうと呆れる秋吉をよそに、笑顔の小糸川たちはこれで問題はすべて解決したとばかりだ。その上端《はな》から夏目の解説をあてにしているようで、どうやって夏目をその気にさせるか作戦会議に余念がない。

「どうする、夏目先輩。またこの前みたいに誕生会みたいなのやっとくか」

誰かが口にした言葉に、周囲から「賛成ー」と子供のような声が上がった。

「じゃあ夏合宿中になんかやる？　秋吉幹事だろ、適当にイベント入れとけよ」

「無茶言うな。予算もギリギリなのに」

秋吉が渋い顔をすると、じゃあサマーカレッジの後に打ち上げでもするかと皆いっせいにスマホやパソコンで大学近くの飲食店を検索し始めた。

「夏目先輩、意外とああいうサプライズ企画喜んでくれるんだもんな。誕生会とか引かれるかと思ったけど、まんざらでもなさそうだったし」

「あー、ホントそれ意外。マジで少女マンガ趣味なところあんのかねぇ」

俺たちもすっかり感化されたけど、と誰かが笑う。室内を見回せば、あちこちに少女マンガが散見されるようになっていた。そのほとんどは田島の本だ。

突然到来した夏目の少女マンガブームはまだ去らないらしく、次々新しい本が院生室に持ち込まれては、それがそのままこちらの部屋に流れてくる。意外にも小糸川たちは面白がってマンガを読んでいるようだが、秋吉には突っ込みどころが多すぎて、ぱらぱらとページをめくってみてもほとんど内容が頭に入ってこない。

「それにしても安上がりだよな。この前の誕生会だって自分もちゃんと会費払ってんのに」

「あれは先輩が無理やり払っちゃっただけだろ？　俺たちもらうつもりなかったのに」

「いやいや、だからこそまめにイベントはやっとくべきだって！　夏目先輩さえ味方につければ卒論の面倒まで見てもらえそうじゃん？」

秋吉はまだ部屋の入り口に立ったまま、好き放題言い合うメンバーを眺める。夏目を軽んじているような口調でありながら、皆真剣な顔で店を探しているのが面白い。

誕生会のときだって、夏目はどういう料理や酒が好きか、事前にさんざんリサーチして店を選んでいた連中だ。年甲斐《としがい》もなく夏目にプレゼントまで用意して、本音では純粋に夏目を慕っているのだろうに、それが照れ臭いのかいつも可愛くない理由をつけては動き出す。

(とはいえ、もし俺たちがこんな話してるなんて知ったら、あの人地味に傷つきそうだな)

ロッカーに過去問を取りに行った夏目もそろそろ戻ってくる頃だろう。廊下に顔を出そうとしたら、いきなり小糸川に袖を引かれた。

「でも一番面倒見てもらえそうなのは秋吉だよな! 夏目先輩のお気に入りだし」

ドアノブに触れる直前で手が止まる。取り立てて夏目に気に入られている覚えのない秋吉には、小糸川が何を見てそんなことを口走ったのかわからない。

不可解そうな秋吉の表情に気づいたのか、だってほら、と小糸川が秋吉の背中をつつく。

「飲み会のときはいつも夏目先輩と熱く語り合ってるじゃん」

「語り合ってない。聞いてるだけだ。あの人の話のレベルについていけるわけないだろう」

「じゃあやっぱ、秋吉も卒論のために夏目先輩の長話につき合ってんの?」

秋吉はあまり感情が動かない。けれどあけすけな小糸川の言葉を聞き止めたそのときだけは、ふつりと胸の底で何かが煮立った。ならば小糸川は、卒論のためだけに夏目の話につき合っているのか。

嫌々つき合うくらいなら——と言いかけ、その後に続く言葉にぎくりとした。なら、俺によこせ、と妙な言葉が口から転がり出そうになる。

秋吉は小糸川を一瞥《いちべつ》すると、今度こそドアノブに手をかけて言いきった。

「違う、あの人とは気が合うだけだ」

そのままノブを回すつもりだったが、さらりと口にした言葉が自分でも思いがけずすとんと腑《ふ》に落ちて手が止まった。

夏目の話は、特に酔うと高度すぎて何を言っているのかよくわからないが、一緒に飲む酒やつまみは不思議と趣味が合った。何よりも、話をしていて苦痛にならない。

ときどき思いついて秋吉が拙い質問を挟んでも、夏目は決して嫌な顔をしない。むしろ嬉々として解説してくれる。秋吉が的外れなことを言ってしまっても、呆れることなく面白がる。それを承知してわざと秋吉が筋違いなことを口にすると、共犯者の顔で話に乗ってくることもあって、話の本筋とは関係のないそんなやり取りが楽しかった。

(そうか……気が合うんだな)

初めて自分の本音に触れた気分で、秋吉は噛みしめるように胸の中で繰り返した。

想いを言葉にするのは難しい。未だに夏目に対して思う『駄目な感じ』を、秋吉は上手く言葉にできない。一方で、言葉にすることで明確になる感情もあるらしい。

しみじみとそんなことを考えながらドアノブを回した秋吉は、廊下の外に半身を出して、ギョッと両目を見開いた。

人気のない廊下には、壁に背中を押しつけ俯く、夏目の姿があったからだ。

胸に過去問の束を抱えた夏目は、秋吉が部屋から出てくる気配に気づかなかったらしく、ビクッと肩を揺らして秋吉を振り仰ぐ。

その顔を見た瞬間、秋吉は心臓を乱暴に摑んで引き伸ばされた気分になった。

こちらを見る夏目の目に、うっすらと涙が溜まっている。鼻が赤い。

誰もいない廊下の隅で、いつからぽつんと立っていたのだろう。人通りのない廊下は静まり返り、研究室の扉は薄く、きっと夏目は中で後輩たちがどんな話をしていたのかすべて聞いてしまったに違いない。

地味に傷つくのではないか、とは思っていたが、泣くほどとは思わなかった。

うろたえて、秋吉は室内を振り返る。中ではまだ馬鹿話が繰り広げられていて、黙れ、と怒鳴りつけようとしたらガッと夏目に腕を摑まれた。

「馬鹿、いい、黙ってろ……！」

潜めた声で言い放ち、夏目が唇の前で人差し指を振り回す。中にいる連中に、自分が話を聞いていたことを知られたくないのだろう。目の端に涙を浮かべているくせにまだ後輩たちを気遣うのかと思ったら、夏目を見る目に痛ましさが混じってしまった。それに気づいたのか夏目は秋吉からパッと顔を背け、無言で秋吉の腕を強く引く。

前を行く薄い背中にかける言葉も思いつかず、秋吉は夏目に腕を引かれるまま歩いた。前を向いた夏目は目元を素早く手の甲で拭うと、研究室棟の外へ出る。

今日は朝から曇り空で、だからといってさほど気温が低いというわけでもなく、外に出るといつも以上に湿った風が頬を打った。

研究室棟を出た夏目は、秋吉の腕を離し大股で歩き出した。大人しくその後を追う秋吉を振り返りもせず、自転車置き場の脇にある自動販売機前で足を止める。

缶コーヒーを買った夏目が無言で秋吉の胸元にそれを押しつけてきて、秋吉は軽く目を瞠《みは》った。秋吉が好んで飲んでいる銘柄だ。自分の好みを知っていたのかと思ったが、夏目も同じコーヒーを買ったので、二人して普段飲んでいるものが同じなのだろう。やはり味の好みは似たところがあるらしい。

秋吉がまじまじと缶を見ているうちに、夏目は自転車置き場の庇《ひさし》の下にしゃがみ込んでおもむろにコーヒーを飲み始めた。少し迷ってから秋吉も庇の下に入る。

「なんですか、これ」

「……口止め料」

べたりと踵《かかと》を地面につけてしゃがみ込む夏目は、決して秋吉を見ようとしない。立ったままでは夏目のつむじしか見えず、だからといってその隣に座り込めるほど気安い関係でもなくて、秋吉はぼそりと呟いた。

「廊下であいつらの話聞いてたことのですか。それとも俺に泣き顔見られたこと？」

「両方だよ！」

もくろみ通り、吠えるように叫んだ夏目が顔を上げる。もう涙は浮かべていないようだが、目の縁はまだ赤い。

後輩に泣き顔を見られて居心地が悪いのか、夏目はすぐに自分の爪先辺りに視線を落としてしまう。場の空気を和ませるセリフも思い浮かばず、秋吉は軽く缶を振った。

まばらに自転車が置かれた庇の下に、コーヒーの栓を開ける音が響く。

目の前を行き来する学生を目で追いながら、秋吉は横目でそっと夏目の様子を窺った。俯いた夏目の表情は見えないが、伸びた髪からわずかに覗く耳の端はまだ少し赤いようだ。

「……普段あれだけあいつらの面倒見てやってるんですから、あの程度期待されるのは仕方ないと思いますよ」

缶の中身が半分に減るまでたっぷり考え込んで、ようやく慰めのような言葉を口にすることができた。短い沈黙の後、夏目は自嘲気味な笑みをこぼす。

「……ま、そうだろうな」

「それに、あいつらだって悪意があって言ってたわけじゃないですから。隠れてないであの場で部屋に入ってくれれば、単なる笑い話になったと思いますけどね」

そもそも自分の悪口が聞こえたから廊下に立ち竦んで動けなくなるなんて、まるで少女マンガのワンシーンだ。マンガ好きが高じて言動まで物語の主人公めいてきたのでは、と冗談のつもりで言おうとしたが、俯いた夏目が「うん」と力なく頷いただけだったので、続く言葉は飲み込んだ。本気で消沈している。

次の言葉を言いあぐねている秋吉に気づいたのか、夏目は俯けていた顔を正面に戻すと、無理やり口角を引き上げるようにして笑った。

「でも俺、誕生会とか本気で浮かれて馬鹿みたいだったろ。あんなの、単なる未来への投資でしかなかったのに」

夏目はなんでもないことのように笑い飛ばそうとするが、作り笑いが下手くそなのでその場の空気はまったく軽くならない。それに夏目は、少し勘違いもしているようだ。

「……あれは未来への投資じゃなくて、どちらかというと過去の清算ですよ」

人気のない自転車置き場に響いた自分の声は思いがけず優しく、秋吉は慌ててひとつ咳《せき》払いをした。ゆっくりと顔を上げた夏目から目を逸らし、コーヒーで喉を潤す。

「中間試験の前に、先輩過去問集めて解説までしてくれたでしょう。俺たちはただ、あのお礼がしたかっただけです」

「……今後のテストのためじゃなく？」

尋ねてくる声はどこか不安気だ。普段はドスの利いた声ばかり出すくせに。なんだか子供の相手でもしている気分になって、秋吉はさんざん躊躇《ちゅうちょ》してから夏目の隣に腰を下ろした。

「――違いますよ。先輩にはいつも面倒見てもらって、感謝してるんです。俺たちは」

肩先が触れ合うほど互いの距離が近づき、柄にもなく緊張した。声が揺れてしまったのは体を屈めたせいだからだと思ってくれればいい。秋吉は膝に頬杖《ほおづえ》をついて夏目を見返す。

「自覚ないかもしれませんけどね、皆アンタのこと慕ってんですよ」

夏目の隣に腰を下ろすことに比べれば、本当のことを口にするのは随分と簡単だった。皆、と言ってしまえば、その中に自分も含まれていることをあまり強調しないで済む。

夏目は秋吉に横顔を向けたまま自分の爪先を見ているが、その顔には動揺がありありと浮かんでいる。後輩に慕われている自覚なんてこれっぽっちもなかったのかもしれない。

「ま、またそんな、上手いこと言ってるだけじゃ……」

「さっき研究室であいつらがしてた飲み会の話、本当に卒論のためだとでも思ってんですか。前回アンタが自分の誕生会なのに会費なんて払うから、仕切り直しにもう一回何かしようって前から皆で話してたんですよ」

夏目が大きく目を見開いて、うろたえたように視線を揺らす。本当か、と窺うような眼差しを向けられ、ものも言わずに頷いてやった。すべて事実だ。

たちまち夏目の頬が赤くなる。貧血気味の白い肌に赤味が差す様は鮮やかで、うっかり目を逸らすタイミングを逃した。夏目も次の言葉が出てこないらしく、上手く表情も作れない様子でこちらを見たまま動かない。

（……こういうとき、どうしたらいいんだ）

互いに目を逸らす機会を失い、見詰め合ったまま動けない。小糸川なら軽口を叩いて場の空気を軽くしたりできるのだろうが、自分にそんな芸当ができるだろうか。

考えた挙げ句、秋吉はのっそりと人差し指を立てると、その指で夏目の額を軽く後ろに押した。

「早とちりですね」

額を押された夏目が、ぐらりと上体を後ろに仰け反らせる。

以前研究室で斜め読みした少女マンガで見たシーンを真似てみた。「こいつ！」なんて言いながら相手の額を押すなんて、現実にやったらコントの一コマにしかならないだろうと思い実行したのだが、額を押さえてこちらを見た夏目の反応は想像と違った。

何すんだよ！　と怒るか笑うと思いきや、夏目は額を押さえたまま神妙な顔で自分の膝頭に視線を落としてしまった。頰はまだ赤く、どこか照れているようにも見える。

怒らないのかな、と不思議に思い、ついでに片手を伸ばして夏目の頭をぐしゃぐしゃと撫でてみた。これもマンガに描かれていたシーンだ。こんなふうに子供扱いされたらさすがに怒られるかと思ったが、今度も夏目は俯いて、されるがままになっている。

予想外に柔らかな夏目の髪を撫でながら、秋吉は目を瞬《しばたた》かせる。

（……もしかして、本当にこういう少女マンガ的行為に憧れる女子もいるんだろうか）

だとしても夏目は女子でなく、目つきの悪い成人男子だ。まさかこの形《なり》で少女マンガのやり取りに憧れることもないだろう。と思うのだが。

(……一向にやめろと言われる気配がない)

やめどきを見失い、しばらく夏目の頭を撫で続けていると、ふっと辺りが暗くなった。

吹きつける風に水の匂いが混じる。朝から曇天の空に視線を向け、次いで地面に目を落とすと、白く乾いた石畳にぽつぽつと黒い水玉模様が浮かび上がった。

「雨ですね」

声を上げたのを契機に夏目の頭から手をどけると、長く顔を伏せていた夏目ものそのそと首をもたげ、ああ、と寝起きのような声を上げた。横目で窺うと、先程よりも耳朶が赤い。白い肌が一点だけ赤く染まるのに目を奪われていたら、にわか雨だろう。それまで目の前を行き来していた生徒たちの姿がいっぺんに失せ、庇を叩く雨の音が激しくなる。遠くの景色も雨でけぶり、今無理に研究室まで駆け戻るより、雨がやむのを待った方が賢明と思われた。

周囲から人の気配が失せ、自転車置き場に二人だけ取り残されてしまった状況で横を向くと、夏目は雨には目もくれず、居心地悪そうに自身のスニーカーの紐《ひも》を弄っていた。

「戻るの、雨がやんでからにしましょうか」

「……だな」

「そのうちやみますよね」

「……ああ」

声をかけてみても視線がこちらに流れてこない。返す言葉はごく短く、指先は落ち着かない様子で靴紐を弄り続けたままだ。

後輩に泣き顔を見られたのがよほど気まずいのだろうか。それとも、まさかとは思うが、本気で先程のあんなやり取りに心ときめかせていたりするのか。

黙っているとどんどん妙な想像が膨らんで、秋吉は土砂降りの雨に視線を戻した。

「……先輩、ちょっと訊きたいんですけど」

「ん」

「夏って、なんか不安になりませんか」

雨ににじむ新緑を見上げて秋吉が尋ねると、傍らで夏目が身じろぎする気配がした。

「……なんで」

「わからないんですけど、なんとなく」

昔からずっと思っていた。夏が近づくと気が滅入る。こんなふうに夏の気配に包まれるたび、胃の腑に重い空気が溜まっていくような言い知れない不安を感じる。自分以外の人間も季節の隙間でこんな気持ちを抱くのか、一度誰かに訊いてみたかった。

「俺は別に……夏はばてるけど、不安にはならねぇ、かな……」

相当に唐突な質問ではあったが、夏目は秋吉の言葉を軽くあしらうことなく、じっくりと言葉を選んでいるようだ。

「それに、なんの理由もなく不安になることもないだろ。なんか思い当たる理由とかないのか？　夏に嫌な目に遭ったとか」

ほんの少し、場繋ぎのつもりで口にした話題だったのだが、夏目は真摯に秋吉の話につき合ってくれるつもりらしい。秋吉も視線を斜めに上げ、改めて過去の記憶を浚ってみた。

「特に思い当たる節は……ないですね」

「小中学校時代になんかあったとか。記憶がないのもトラウマなんじゃねぇの？」

「いえ、それは本当に忘れただけなんですけど」

「普通忘れるか？　小学校なんて六年もあるんだからなんか覚えてんだろ」

バラバラと庇を打つ雨音に耳を傾け、秋吉はふつりと口を噤む。しばらく考え込んでから、ああ、と低い声を漏らした。

「そういえば、小学生のとき母親がちょっとした病気で入院して、その間の何ヶ月か、祖父母の田舎に転校してました」

ザッと強い風が吹いて庇の下に雨が吹き込んだ。思いがけず冷たい雨に目を眇めるのと、隣で大きな声が弾けるのはほとんど同時だ。

「結構重要なことじゃねぇかよ！　なんでそんなこと忘れてんだ！」

威勢のいい声に横を向くと、口を半開きにした夏目が呆れ顔でこちらを見ていた。眉を互い違いにして、今にも「お前の頭どうなってんだ」と詰め寄ってきそうだ。ようやくいつものペースだと、秋吉は無自覚に口元を緩める。

秋吉の表情が和らいだことに気づいたのは、本人よりも夏目の方が早い。夏目は目のやり場に困ったように視線を揺らして秋吉から顔を背けた。

「……なんか他に、覚えてることねぇのか」

「そうですね……夏休みの少し前に転校したこととか」

「完全にそれが原因なんじゃねぇの？　夏が不安って」

「それから、転校先でガキ大将にいじめられました」

夏目の横顔を見詰めたまま答えると、一瞬だけ夏目がこちらを見た。だが秋吉と視線が合うと、慌てたようにまた雨の向こうに目を向ける。

「そういえば、飲み会でもそれだけは覚えてるって言ってたな」

「そうみたいですね」

「……他人事かよ。よっぽど嫌いだったんだろ？」

秋吉は小さく口を開くが、とっさに言葉が出てこない。

肯定をしても否定をしても、どちらも本音から少し外れてしまいそうな気がした。

嫌いでなかったわけはないと思う。当時は恨みもしただろう。だがそれだけかと訊かれると即答できない。好きだったのかと問われても、きっと素直に頷けない。

(……素直になれない)

一瞬、本音が胸を掠った気がした。

それは夏目に対して感じる、『駄目な感じ』と少し似ている。胸に浮かぶものを上手く言葉にできないもどかしさもそっくりだ。

今も、伸びた髪から覗く夏目の耳や、華奢な首筋や、細くしなやかな腕を眺めていると、胸にじわりとにじむ感情がある。細い、白い。なんだかとても、駄目な感じがする。

本人の隣でその感情を考察するのは少し危うい予感もして、秋吉はゆるゆると夏目から視線を外すと雨の向こうに目を凝らした。やはりにわか雨だったのか、数十メートル先の研究室棟の入り口が前よりはっきりと見える。庇を叩く雨の音も小さくなってきたようだ。

夏の雨上がりは、土の匂いと緑の匂いがいつにも増して強くなる。生き物の気配が濃密になって、地面から立ち上る熱気に煽られるようで、焦りと不安で押し潰されそうになる。

緑に光る木の葉が雨粒を弾き返し、無言でそれを見ていた秋吉は唐突に、昔これと同じような光景を目にしたと思った。

(昔、こういう雨の日に、何かあった)

あのときも、確かひとりではなかった。傍らに誰かいた。答えを求めるように隣の夏目に視線を向けると、タイミングを同じくして夏目が立ち上がった。

「雨、大分弱くなってきたな」

片手で過去問の束を抱えた夏目が、缶コーヒーの中身をグッと飲み干す。

夏目の横顔の向こうには薄い灰色の空が広がっていて、一瞬摑みかけた記憶が、目の前の夏目の顔で塗り潰された。

(――まぁ、いいか)

どうせ過去のことだ。必死で思い出す必要もない。秋吉もコーヒーを飲み干しその場に立ち上がる。

「口止め料、確かにいただきました」

「ああ、墓場まで持ってけ」

そんなに大した秘密でもないだろうに、真顔で言って夏目は自販機脇のゴミ箱に空き缶を放り込んだ。まだぱらぱらと雨は降っていたが、構わず庇の下から飛び出していく。

秋吉も夏目に続いて研究室棟に駆け込んだ。階段を上るときも廊下を歩くときも夏目は口を開かず、秋吉を振り返ることもしなかった。四年生の研究室の前に立ったときだけはわずかに動きが止まったが、鋭く息を吐くと蹴破る勢いでドアを開け、過去問の束を掲げて叫んだ。

「おい、過去問持ってきてやったぞ!」

先程廊下で泣いていたのが嘘のように威勢よく夏目が言い放つと、室内で歓声が上がった。

秋吉も中に入ると、小糸川が両手で押し戴くように夏目から過去問を受け取っている。

「さすが夏目先輩！　神様です！」

「うるせぇ！　卒論のときは甘やかしてやらねぇからな、自力でなんとかしろよ！」

「えー！　そう言わずに甘やかしてください！　あてにしてます！」

「するな！」

どうやら自分から卒論のネタを振れるくらいには夏目も立ち直っているらしい。あてにしていることを隠す気もない小糸川の反応もよかったのか、張り詰めていた夏目の横顔が少し緩んだ。

「じゃあ先輩、せめて過去問の解説だけでも！」

「だから…っ…」

夏目の言葉が終わらぬうちに、その胸にガバリと小糸川がしがみつく。さすがに甘えすぎだと割って入ろうとした秋吉だったが、それより先に凛《りん》とした声が室内に響き渡った。

「駄目だよ、小糸川君。夏目先輩だって忙しいんだから！」

声の主は、先程は室内にいなかった野々原だ。

研究室の紅一点に睨まれると小糸川も弱いらしく、唇の端からぺろりと舌を出して夏目の腰に巻きつけていた腕をほどいた。きっちりとそれを見届けてから、野々原は肩にかけた鞄から数冊の本を取り出し夏目に駆け寄った。

「夏目先輩、マンガの続き持ってきましたよ！」

野々原に本を差し出され、夏目の顔に作りものではない嬉し気な笑みが浮かんだ。

「前に貸した分、もう読み終わりました？」

「読んだ読んだ、作業の合間に読むと眠気も飛んでちょうどいいから」

「私も高校の頃夜中までずっと読んでました。主人公のキャラがいいんですよね」

「いまどき古風なのが逆に新鮮なんだよな」

夏目と野々原の盛り上がり方に周囲の面子が目を丸くする。野々原はともかく、夏目が本当に少女マンガにはまっている様を目の当たりにして、全員が驚きを隠せない。

途中で夏目も我に返ったようだが、野々原は周囲の視線を一切気にするそぶりもなく、いそいそと鞄から携帯を取り出した。

「また次の巻持ってきますね、五冊ずつ！　よかったらアドレス交換しません？　ゼミの日以外も私結構学校にいますから、連絡つけば届けに行きますよ」

「あ……じゃあ……」

一瞬ためらうような表情を見せたものの、マンガの続きが気になるのか夏目もジーンズのポケットから携帯を取り出した。

野々原と携帯を向き合わせたところで、以前秋吉から釘を刺されたことでも思い出したのか、夏目がちらりと後ろめたそうな視線を送ってくる。と思ったら、秋吉と目が合うなり頰を強張らせ、ぎこちなく顔を背けてしまった。

そのときの自分がどんな顔をしていたのか、当の秋吉にはわからない。だが夏目の反応を見る限り、間違っても穏やかな顔はしていなかったのだろう。

（夏目先輩は本当にマンガの続きが気になるだけで、野々原さんのアドレスを聞いたのにも他意はないんだろう）

わかってはいるが、顔つきが険しくなってしまうのは止められなかった。

夏目が本当に好きなのは田島なのではないかという疑いは未だに消えない。しかしだからといって、夏目が野々原とつき合ってはいけないという道理もない。

野々原といい雰囲気になっているらしい田島には災難だが、まだ正式につき合っているわけではないのだから、夏目が全面的に悪者になるとは限らない。以前夏目が言っていた通り、今はさほど好きでなくとも、つき合い続けていくうちに本当に好きになるのなら何も問題はないのではないか。

自分は夏目を止める権利も、それらしい口実すら持ち合わせていないのかもしれない。

そう思うと口の中に苦いものが広がって、秋吉は眉間にシワを刻んだまま夏目たちから目を背けた。

◆◇◆

七月も半ばに差しかかり、いよいよサマーカレッジまで間がなくなってきた。

月末の前期試験は夏目たち院生には直接関係ないが、八月に入ればすぐにゼミの夏合宿で、その三日間は後輩たちの研究発表を聞くことにほとんどの時間を割かれてしまう。そして合宿から戻れば数日後は、もうサマーカレッジの当日だ。

夏目たちが発表する二足歩行ロボットは、講堂の舞台袖から中央まで歩いて、その場で一礼してまた袖に戻ってくるようプログラムを組んでいる。さらに舞台袖近くに置かれた、寄席などで落語家の名前などが書かれている「めくり」と呼ばれる紙をめくって袖に引っ込む予定だ。

たったそれだけの動きだが、これを人間の手で様々な角度や距離を計算しながらロボットにやらせようとすると、恐ろしく手間がかかる。

各自の机を壁に寄せ、中央にスペースを空けた院生室。その真ん中でジーワジーワと不穏な音を立てて動く二足歩行ロボットがめくりをめくる様を固唾を呑んで見守っていた夏目と田島は、途中でロボットが後ろにひっくり返るのを見て同時に落胆の声を上げた。

「もう中央で挨拶して戻ってくるだけでいいじゃねぇか」

ぐるりと椅子を回し、夏目は呻くような声でパソコンに向かって呟く。窓辺に机を寄せているせいで、ディスプレイに向かうと嫌でも大きな窓で切り取られた夏の青空が目に飛び込んできて、その健全な光に忌々しさすら覚えた。大分追い詰められている。

「去年情報工の奴らがきっちりめくれるように仕上げてきたからそこは省いたら駄目だろ。教授だって難易度下げるわけにはいかないって言ってたし」

「どうでもいい……教授の面子とかもう、本気でどうでもいい……」

そう言うなって、と夏目の背中を叩く田島の顔にも、さすがに疲労の色が濃い。

サマーカレッジで発表する二足歩行ロボットのプログラムは、ここ十年ほど情報工と経営工、さらに機械工で順繰りにプログラムを組んでいるのだが、一巡する過程で必ずどこかの学科が新しい動きを組み込んでくる。その上教授たちが微妙に張り合っているため学生同士でプログラムの交換をすることもできない。おかげで毎年ほとんど一からプログラムを作らなければならない過酷な代物なのだった。

昨晩も研究室に泊まり込んだ夏目は、喉の奥から枯れた声を漏らして椅子の背もたれに寄りかかる。今日も朝からコーヒーしか飲んでいないが、最早空腹も感じない。

「ほら、ちょっと休めって。これ読んでいいから」

夏目と違って毎日きっちり家に戻っている田島が、通学途中にコンビニで買ってきたのだろう最新の雑誌を夏目の机に放り投げる。夏目はそれを一瞥して、鈍痛を訴える目を庇《かば》うように深く瞼を閉じた。

「……後であの四コマだけ読ませてもらう」

「あれ、よっぽど気に入ったんだな。野々原さんからも同じ作者の本借りてるんだろ？」

「そう、二十巻くらい続いてるやつ。野々原さん、あれの最終巻の限定版持ってんだと」

「マジか！」

田島がガタッと音を立てて椅子から腰を浮かせた。どんなときでも、マンガのことになると田島は目の色が変わる。

「俺限定版とか興味ないからスルーしてたんだけど、あれ、限定版に描き下ろしの四コマついてるんだよね……夏目、野々原さんに俺も貸してもらっていいか訊いてくれない？」

「ああ、別に構わねぇけど……」

言い終わらないうちに、田島が満面の笑みで夏目の首に抱きついてきた。

「うわー！　ありがとう！　楽しみだ！」

「ああ、はいはい……」

首筋にかじりつく田島を好きにさせ、夏目はぼんやりと目を開ける。

最近わかってきたことだが、世の中にはノンケでも男同士の身体接触に抵抗がない者が結構いるらしい。後輩の小糸川はよく夏目の腰にじゃれついてくるし、田島も肩に腕を回したり体ごとぶつかってきたり、こだわりなく身を寄せてくる。

高校時代、男同士のセックスについてちらりとこぼしたら同級生からドン引きされた経験のある夏目としては、少々意外なことだった。

(……秋吉ですら頭撫でてきたもんな)

まだ夏目の首に腕を回して何か言っている田島をよそに、夏目は数日前の出来事を思い返す。人気のない自転車置き場で、秋吉はなんのためらいもなく夏目の頭を撫でた。

大きな掌の感触が蘇り、耳の端がわずかに熱くなった。後輩に半泣きの顔を見られたことはもちろん、普段なら絶対にしないだろう秋吉の仕草にうろたえて的確な突っ込みが返せなかったのは痛い。多分、秋吉は突っ込み待ちをしていたのに。わかっていたのにどうにもできなかった。

柄にもない行動を起こしてまで秋吉があの場の空気を変えようとしてくれたのは、きっと廊下で涙目になっているところを見られてしまったからだろう。

(……よっぽど落ち込んでると思われたんだろうな)

研究室の外で期せずして後輩たちの下心を垣間見たときは、正直凹《へこ》んだ。とはいえ以前からそんな雰囲気も察していたのでそこまで落ち込んでいたわけでもなく、それよりも、部屋から出てくる直前に秋吉が口にした言葉に、うっかり胸を詰まらせてしまった。

「あの人とは気が合うだけだ」と、さも当たり前のように秋吉は言った。

あの言葉は本気だったのだろうかと、今もときどき夏目は考える。こちらがゲイだとわかっているのに、なお気が合うと、秋吉は本当にそう思ってくれたのか。

同性愛者はノンケに異端扱いされ、きっとろくに口も利いてもらえなくなるに違いないと高校時代から思い込んでいただけに、俄《にわ》かには信じられないセリフだった。

（それとも、秋吉の胆が据わってるだけなのかもな……）

ようやく体を離した田島の顔を、夏目はまじまじと見詰めてみる。

「ん？　何？　なんかついてた？」

夏目の視線に気づき、田島は眼鏡の奥の目を瞬かせて手の甲で頬を拭う。屈託のないその顔を見て、こいつならどうだろうと思ってしまった。

（意外とこいつも秋吉みたいに、さらっとゲイのこと受け入れたりすんのかな……）

自分の性癖がばれたら最後、汚いものを見るような目で遠巻きにされるのがオチだと思っていたが、実際のところはどうだろう。秋吉の態度がさほど変わらなかったからといって、他の人間もそうだと考えるのは早計だろうか。

「……目の上にゴミついてるぞ」

まだ考えている途中だったはずなのに、声は自然と口を衝いて出ていた。

連日酷使している眼球が痛み、目を開けているのが辛《つら》い。痛みはこめかみの辺りまでジンジンと響き、急に物事をじっくりと考えるのが億劫になった。

田島はきょとんとした顔で、眼鏡の下に指を突っ込む。

「え、どこに……」

「そこじゃねぇよ。眼鏡外して、目ぇつぶれ」

そう口にしたときにはもう覚悟が決まっていた。もしも田島に全力で拒絶され、これまでのように会話ができなくなったとしても死ぬわけではない。田島は来年も院に残るようだが、自分は半年後には卒業して、二度と顔も合わせなくなる。

社会人になる前に最後の実験をしてみようと思った。高校を卒業して実家を出る直前、発展場に足を向けたときのように。

田島は大人しく眼鏡を外して目を閉じる。最早見慣れた、整って清潔な田島の顔。

院生室には、夏目と田島の他に誰もいない。室内にはパソコンのファンが回る音が響くばかりで、窓の向こうでは遠く蟬《せみ》が鳴いていた。過度の睡眠不足で視界全体に薄い紗がかかったようで、目に映るものに現実味がない。

夏目は首を伸ばして田島に顔を近づけた。育ちのよさそうな顔が目前に迫り、相手の吐息を肌で感じる。そこで夏目は、ぴたりと動きを止めた。

窓の外からは、まだ蟬の声が聞こえている。

とても静かだ。部屋の中も。自分の鼓動も。

(——……秋吉のときは、どうだったっけ)

この場所で、秋吉に突然キスをされたときは、こんなにも周囲は静まり返っていなかったはずだ。今と同じく室内には自分たち以外誰もいなかったが、耳の奥から響く自分の心臓の音がうるさいくらいだった。

だがこうして田島と顔を近づけていても心音は穏やかなままで、田島が目を開けてしまうかもしれないという緊張感すら希薄だった。直後、あ、と夏目の口から小さな声が漏れる。

(……俺多分、あのときの秋吉と同じ顔してる)

唐突に、キスの後グッと口元を拭った秋吉の無感動な目を思い出した。キスをした直後の昂揚も何もない、冷淡な目。思い出せばまた、胸の奥深くに鈍い痛みが走る。

あいつもこんな気持ちだったのかと今さら悟り、夏目はゆっくりと田島から体を離した。

「夏目？　あ、ってなんだよ？　取れたの？」

「いや、飛んでった」

「えっ！　虫ついてたってこと⁉」

慌てふためく田島を尻目に、夏目は頬にかかる前髪を後ろに撫でつける。

好きでもない相手と顔を近づけても、こんなに何も思わないものかと驚いた。

それだと前回心臓を大暴れさせていた自分はまるで秋吉のことが好きなようだな、と気がついたのは数秒後で、その考えを夏目は鼻先で笑い飛ばす。

(秋吉は単に体が好みなだけで、あれはファーストキスだったんだから、うろたえるのも当然だって)

圧倒的に睡眠が不足した頭の回転は鈍行列車のように遅い。ひとつひとつ駅を通過するように胸の中でぽつぽつ言葉を繋いでいたら、眼鏡をかけ直した田島が急に椅子を立った。

「あー、もう。ちょっと気分転換しよう。そろそろ飯の時間だし」

よほど虫が嫌いなのか、まだ目元をこすりながら田島が腕時計を見る。行ってこい、と手を振ろうとしたら、強く手首を摑まれた。

「お前も行くんだよ。時間ないのはわかってるけど、少しぐらいちゃんと食え」

腹が減ってない、と言いかけて、やめた。生真面目にこちらを睨む田島にそんなことを言ったら、早退どころか病院に強制連行されそうだったからだ。

まだ昼休みが始まって間もないというのに、食堂は学生たちで一杯だった。見れば食事などそっちのけでノートを広げ、試験勉強に勤しむ者も多い。空いている席を見つけるのも難しそうでいっそ研究室に戻りたくなった夏目だが、田島は辺りをきょろきょろと見回し、何を見つけたのかふいに大きく手を振った。

「おーい、秋吉！　そこ空いてる？」

秋吉、という響きにビクッと夏目の肩が跳ねる。

真冬の早朝にいきなり布団を剝がされたときのように、一瞬にして視界が冴《さ》えた。田島の視線を追うまでもなく、人でごった返す学食の中に鮮やかに秋吉の姿が立ち現れる。秋吉は研究室のメンバー数人と六人掛けのテーブルを占拠して、どうやら試験勉強をしていたらしい。

人混みをかき分けて田島がテーブルに近づくと、秋吉はシャーペンの芯をペン先に押し込んで鞄の乗った椅子を指差した。

「空いてますよ。今荷物どかしますから。先輩たちも飯ですか？」

「そう、皆は試験勉強中？」

「はい、俺は今さっき合流したところですけど、皆そろそろ飯にしようかって……」

「じゃあ一緒に食べよう」

田島が提案するや、後輩たちがノートや筆箱を鞄の中に片づけ始める。夏目はそれを、田島の斜め後ろで落ち着かなく眺めていた。なんとなく秋吉の顔が見られないのは、半月ほど前に酔い潰れたところを秋吉に自宅まで送ってもらってから、ずっとだ。

うっかりキスを迫って、未遂に終わったと思ったら今度は研究室で秋吉からキスをされて、バイブも目撃されるし、泣き顔まで見られて、あれ以来、秋吉には格好のつかないところばかり見られている。

なるべく秋吉と視線を合わせぬよう、夏目は田島の背中に隠れるようにして券売機で食券を買い、きつねうどんを手にテーブルへ戻った。

「夏目、ここ空いてるって」

先に戻っていた田島は定食にしたらしい。片手に箸を持ちつつ、もう一方の手で隣の席を指し示す。言われるまま田島の隣に腰を落ち着けると、ほぼ同時に向かいの席の椅子が引かれた。顔を上げればそこには大盛りのスパゲティを持った秋吉がいて、夏目は本気で椅子から転げ落ちそうになる。なるべく顔を合わせないようにしていた苦労が水の泡だ。

一方の秋吉は対面の夏目を気にするでもなく、どっさりと粉チーズをかけたミートスパゲティをくるくるとフォークで巻き取っていく。

秋吉がこちらを意識していないことはわかっていてもその顔を直視できず、夏目は秋吉の手元にちらちらと視線を送った。爪が横に広い器用な手は、スプーンを使わずとも適量の麺《めん》をフォークに巻き取っていく。と思ったら、唐突にその動きが止まった。

反射的に目を上げると、秋吉がじっとこちらを見ていた。慌てて箸を手に取りうどんをすり始めたが、どうにも額の辺りにちりちりと視線を感じる。

うどんをすすり上げ、恐る恐る目を上げるとまたしても秋吉と視線がかち合った。それだけで、胸の内側で心臓が一回り大きくなったようで、喉がつかえる。

秋吉と目が合うと、心臓めがけて重たいボールでもぶつけられた気分になる。弱みを握られているせいだろうか。呼吸が一瞬途切れ、おかげで心拍数まで上昇する。

「……なんだよ」

口の中のものを無理やり飲み込み尋ねると、秋吉は夏目から目を背けないまま、ゆっくりとフォークを回した。

「夏目先輩、うどんより肉でも食った方がいいんじゃないですか」

「は？」

「顔真っ白ですよ。もう少しバランスのいい食事とった方がいいと思いますけど。せめて定食とか」

ほら、と秋吉が田島のプレートを目顔で示す。田島の持ってきた定食には、白飯と味噌汁《みそしる》、豚の生姜焼《しょうがや》きにキャベツの千切りが添えられていて、確かにバランスはよさそうだ。

夏目は油揚げと、申し訳程度にネギが浮かんだだけのうどんを手元に引き寄せ、思い切り顔を顰《しか》めてみせた。

「放っとけ。そう言うお前だってスパゲティだろ」

「スパゲティには肉も玉ねぎもトマトも入ってますから」

「微々たるもんじゃねぇか！　学食で飯食うときはスパゲティしか食わない奴がバランスとか語るな！」

「え、秋吉そんなにスパゲティ好きなの？」

横から田島が口を挟んできて、秋吉は黙って頷く。夏目は鬼の首でも取った気分でさらに言葉を重ねた。

「その上毎回山ほど粉チーズかけてくるしな？　塩分とりすぎだろ！」

「ていうか、夏目もよく秋吉のこと見てるねぇ」

田島が感心しきった声を上げ、予想外の突っ込みに夏目は声を詰まらせた。

「いや……だって、こいつデカいから目立つだろ？」

そうかなぁ、と田島はのほほんとした顔で眼鏡を押し上げる。人で賑《にぎ》わう学食内を見渡し小首を傾げたのは、きっと秋吉ぐらいの背丈の人間なら他にもそこそこいるんじゃないかと思ったからだろう。

確かに秋吉は平均よりも背が高いが、二メートルを超えるほどの巨体というわけではない。百八十そこそこで、田島も秋吉と同じくらいの背格好だ。

けれど、どういうわけか秋吉は目立つ。少なくとも夏目は、学内のそこここで、事あるごとに秋吉の姿を見つけてしまう。

「でも、スパゲティにこれだけチーズかけてれば目立つよな、小糸川？」

「そりゃそうっすね」

秋吉の隣に座る小糸川に声をかけると、小気味のいい肯定が返ってきてホッとした。

小糸川はいつも妙なロゴの入ったTシャツを着ていて、今日のそれには『忍者、帰る』と書かれている。圧巻の無意味さに気が抜けて、夏目はさらに続けた。

「図書館ロビーでもお前らよく飯食ってるだろ？」

「食ってますよ、学食混んでて入れないときとか」

「そういうときは秋吉、おにぎりしか食ってないよな」

「ああ、そうですね。ロビーのテーブル狭いから、弁当広げにくいって」

「だよな！　おかずもなしでおにぎりばっかり！　栄養バランスなんて言えた義理じゃないだろ？　研究室にはよく生協の弁当買ってくるけど」

「その通りですけど、夏目先輩マジでよく見てますね」

調子に乗っていらぬことまで喋っていたら、小糸川にも田島と同じようなことを言われてしまった。気がつけば他のメンバーもきょとんとした顔でこちらを見ていて、夏目は忙しなく咀嚼を繰り返す。柔らかな麵がなかなか喉を滑り落ちていかない。

「だって、こいつ目立つだろ……？　デカいし」

「まあ、そうですけど。そんなに目立ちます？　こんな地味な奴」

小糸川が不思議そうに秋吉の顔を覗き込む。ダークグレーのTシャツにジーンズを穿いた秋吉は、黙ってフォークにスパゲティを巻きつけるばかりで何も言わない。

秋吉は寡黙だ。身振りが大きいわけでもない。背も、標準よりは高いが人混みの中で頭ひとつ抜け出すというほどではなく、服装だってジーンズに明度の低いシャツという、周囲に埋没してしまうものばかりだ。

うどんの汁に箸の先をつけ、夏目は幾度か瞬きをする。

（……あれ、じゃあ、目立つとかじゃなくて、俺が勝手に目で探してたってことか？）

まさか、と笑い飛ばそうとしたが、笑えなかった。期せずして自分の目が無意識に秋吉を探していたことを知ってしまい、いっぺんに頬が熱くなる。

向かいでは、秋吉が黙々とスパゲティを口に運んでいる。だが、途中でフッとこちらに流れてきた視線はどこか物問いた気で、心の内を読まれた気分になった夏目は慌ててうどんをすすり上げた。

「さて、じゃあ俺先に戻るから」

湯気を上げる熱いうどんに苦戦していたら、真っ先に食事を終えた田島が席を立った。

「なんだよ、人のこと誘っておいて先に戻んのか？」

「うん、だって雑誌置いてきちゃったからさ。夏目が戻ってくる前に先に読んでおくよ」

どうやら今朝《けさ》買ったばかりの雑誌が気になるらしく、田島は早々に空の食器を持ってテーブルを離れてしまった。

「田島先輩、本当にマンガのことになると目の色が変わりますよね」

いそいそと学食を出ていく田島の背中を見送り、小糸川が夏目に視線を向ける。

「俺、田島先輩が少女マンガまで読んでるとか知ったときは信じられませんでしたもん」

「あー……まぁな」

「あと、最近夏目先輩まで少女マンガにはまったっていうのにも驚きました」

「悪いか」

「似合わないっす！」

小糸川はカレーのルーを唇の端につけてニカッと笑う。ここまで屈託がないと怒る気にもなれず、そうだろうなと頷くにとどめた。

「でももっと似合わないのは秋吉ですね。こいつも最近、野々原さんからマンガ借り始めたんですよ！」

今まさに油揚げにかぶりつこうとしていた夏目の動きが止まる。そのまま箸を下ろした夏目は、まじまじと秋吉の顔を見詰めて尋ねた。

「……お前も読んでんの？　え、イメージじゃない」

「夏目先輩ほどではないです」

「変わらねぇよ！　そもそもお前が読んで面白いか？」

「いえ、まったく」

迷いなど微塵《みじん》もない即答だった。にもかかわらず少女マンガを読む理由が夏目には理解できない。対する秋吉は、少女マンガの面白さを解さない秋吉自身に夏目が眉を曇らせたと思ったらしい。空になった皿を脇に寄せると、テーブルの上で両手を組む。

「壁ドンとか、脅迫っぽくないですか。あれが本当にいいんですか？」

「いや、それは俺も知らねぇけど……」

「それに、男の方が主人公のためにいろいろと取り計らっているのは明らかなのに、どんどん悪い方に物事を解釈していく主人公の気持ちがわかりません」

「それはあの、勘違いとかだろ？　お互いの考えのすれ違いとか……」

「すれ違う要素ありますか？　冷静になればわかりそうなものだと思いますが」

理詰めで反論する秋吉に、ああ、と夏目は嘆息する。

どうやら秋吉は、登場人物たちの心情など度外視して事実をありのまま読み進めていくため、作者のミスリーディングにまるで引っかからないようだ。普通の読者は少なからず主人公に感情移入して、その辺りの読みが鈍くなるはずなのだが。

（そんな情緒のない生き方してるから子供の頃の記憶も飛ぶんじゃねぇか……？）

それでは少女マンガなど楽しめないだろうに、どうしてわざわざ野々原から本なんて借りているのだろう。油揚げを箸の先で突きながら考え込んでいた夏目は、本が野々原から秋吉の手に渡っている、という事実に気づいてぴたりと箸を止めた。

（……野々原さんと話す口実が欲しいから、か）

秋吉は野々原に気があるようだし、それなら何も不思議なことはない。納得した夏目は気を取り直して再び油揚げをつまみ上げるが、心なしか先程よりも箸が重く感じた。胃袋まで一気に重たくなったようで、箸を動かすスピードが目に見えて鈍る。

「ちなみに野々原さんといえば……最近ちょっと、噂《うわさ》あるんだよな？」

他の後輩たちも食事を終えた頃、小糸川がススッと秋吉に顔を寄せて小声で囁いてきた。途端に秋吉の目つきが険しくなって、じろりと小糸川を睨みつける。

秋吉がこんなふうに露骨に表情を変えることは珍しい。何事かと身を乗り出した夏目を見て、小糸川もテーブルの上に首を伸ばした。

「実は野々原さんなんですけどね、最近ちょっと、研究室内でいい雰囲気っつーか……」

「よせ」

秋吉を横目でチラチラと見ながら囁いた小糸川の襟首を、後ろから秋吉がグッと摑んで引き戻す。小糸川はケラケラと笑って、秋吉に首根っこを摑まれたまま口元を両手で隠した。

「いいじゃん、だってめでたいことだし……」

「まだどうにかなったわけじゃないだろう」

「まだってお前～。それにほら、夏目先輩も知らなかったみたいだし」

秋吉は軽く眉根を寄せ、手の下で含み笑いを漏らす小糸川を黙らせようとする。途中、夏目と目が合うと居心地悪そうに視線を逸らし、まだ笑い続けている小糸川の頭を軽く小突いた。

それを見て、ああ、と夏目はようやく合点する。

(なんだ、もう……つき合ってんのか)

秋吉と小糸川の様子から察するに、どうやら秋吉は最近野々原とつき合い始めたか、もしくはつき合うまで秒読みとなっているらしい。

夏目は箸を握り直し、ちゅるりと一本うどんをすする。

どうりで、研究室で野々原とアドレスを交換したとき、今にも飛びかかられるのではと怯えるくらい不穏な目で秋吉に睨まれたわけだ。

夏目はうどんの器を覗き込んで溜息をつく。先程から懸命に箸を動かしているつもりだが、なかなか麵が減っていかない。溜息でさざ波立った汁の面が静まると、疲れ果てて情けない顔をした自分の顔が映っていた。それをかき消そうと、冷めきった汁にフッと息を吹きかける。その息を吐ききらないうちに食堂にチャイムの音が響き、小糸川たちが慌てて荷物をまとめ始めた。

「何、お前ら次授業？」

「そうです、必修なんでサボれません！」

「え、四年になっても必修科目まだ残ってんの？」

「そんな呆れた顔しないでくださいよ！」

バタバタと騒がしく席を立ち、てんでバラバラに会釈をして食堂を出ていく小糸川たちを見送って顔を前に戻すと、なぜか秋吉がまだ真正面に座っていた。

てっきり小糸川たちと一緒に席を立つとばかり思っていたのに、長テーブルに唐突に二人きりになって夏目はびくりと箸を揺らす。

「お、お前は、授業は？」

「俺はもう必修の単位は全部取ってるので」

「そ、そうか、じゃあ……」

「今日はもう授業もありませんし、ゆっくり食っていいですよ」

言外に、夏目が食べきるまではここにいると宣言されてしまい、半分ほどうどんを残して席を立とうとしていた夏目は途方に暮れる。以前も秋吉にはきちんと食事をとれと言われたのに、うどんすら完食できずに立ち上がったら、なんだかすごく怒られそうな気がした。

仕方なく、無理にでも完食してしまおうと夏目は手首に通していたゴムで髪を縛り、ずるずると勢いよくうどんをすすり始めた。

秋吉は何をするでもなくそれを眺め、本当にただ夏目が食事を終えるのを待っている。

「……ところで、なんですかさっきの」

冷めたうどんの汁に小石でも投げ込むようにポンと秋吉が言い放ったのは、もうあと二、三すすりで完食というときのことだ。

昼休みが終わり、学食から人が減っていなければ聞き逃してしまうくらい小さな声だった。独り言のつもりだったのかもしれない。だが、耳聡くそれを聞きつけた夏目は口一杯にうどんを頬張り、何が、と目顔で問い返す。

秋吉は肘をついたまま夏目を見遣り、面白くもなさそうな調子で言った。

「学食でスパゲティばっかり食ってるとか、チーズかけすぎとか、図書館ロビーでは握り飯ばっかり食ってて、研究室では生協の弁当とか……。どんだけ人のこと見てるんですか。まさか遠回しなアプローチじゃないですよね」

思いがけないセリフに驚き、危うくむせて鼻からうどんが飛び出しそうになった。それを無理やり飲み込んで、声に動揺が伝わらぬよう、腹の底から声を出す。

「ばさか！」

「……ば？」

慌てすぎて「馬鹿か」と「まさか」が同時に出た。だがそれを訂正するだけの余裕もなく、夏目は箸を握り締めた拳でテーブルを叩く。

「そんなことあるわけねぇだろ！」

「……でしょうね。先輩が興味あるの、俺の体だけでしょうから」

「は…っ…？」

「田島先輩に背格好が似てれば、誰だって構わないんでしょう？」

冷淡な秋吉の口調に夏目はたじろぐ。もともと秋吉はあまり声に起伏がないが、それにしたって今日は抑揚が乏しすぎる。そもそも、なぜここで田島の名前が出てくるのかわからない。

夏目が何も言えずにいると、戸惑ったその表情を読んだのか、秋吉はごく短い言葉をつけ足した。

「学校ではああいうことはしない方がいいって、前にも言ったはずですけど」

「あ、ああいうって……」

「さっき、院生室で」

それだけ言って秋吉はぶつりと言葉を切る。

ここへ来る前、院生室で田島にキスをしようとしたことを思い出した夏目は、全身の血がざっと下へ落ちていく錯覚に見舞われた。一瞬で体温が飛び、背筋にぶるっと震えが走る。

「み……見てたのか……？」

「見えたんですよ、偶然。先輩の席窓際でしょう。中庭から見えるんです」

ただでさえ血の気が失せていた夏目の頬が凍りつく。

院生室を使うようになってからもう丸二年が経つが、部屋の真ん中に二足歩行ロボットを置くため机を窓際に寄せたのはつい最近のことだ。机を動かすまでは中庭から研究室を見上げても人影を認めることはほとんどなく、だからそこまで頭が回らなかった。あの行動が、中庭にいた人間には丸見えだったとは。

顔面蒼白になって声も出ない夏目を見て、秋吉は微かな溜息をついた。

「授業中でしたし、中庭には俺以外いなかったから心配しなくても大丈夫だと思いますよ」

秋吉の声に少しだけ宥《なだ》めるような響きが混じって、一気に夏目の肩から力が抜けた。最悪の状況は免れたようだ。とはいえ、秋吉に見られただけでも限りなく最悪に近いが。

夏目はもううどんどころではなく、箸を放り出して首の後ろに手を回す。

「あれは、別に……お前が考えてるようなことじゃなくて、田島の目にゴミがついてたから取ってやっただけで……」

髪を後ろで束ねたせいか、首筋がやけにスースーする。秋吉はこちらを見詰めて動かず、夏目はそわそわと指先を動かして耳朶に触れた。

「それだけだって、本当に……」

秋吉の目を見返せない。本当はあのとき田島にキスをしようとしていた。その上なぜか秋吉の顔まで思い浮かべてしまった。窓ガラス越しに見ただけではそんなことまで伝わるはずもないのに、後ろめたくて視線が落ちる。指先が助けを求めるように、ギュッと耳朶を握りしめた、そのとき。

「——……嘘ですね」

ぼそりと、今度こそ喧騒にまぎれ込ませてしまうつもりだったのだろう低い声で秋吉が呟いた。だがその声は向かいに座る夏目の耳にぎりぎりで届いてしまい、全身の関節がギシリと軋んだ。こんなにもあっさりと、どうして嘘がばれてしまったのかわからない。

耳元に手を当てたまま動けずにいると、テーブルの上に放置していた夏目の携帯電話がけたたましく震え出した。

夏目はビクッと肩を震わせ、慌てて携帯を取り上げる。秋吉の視線から逃れようと画面を開いた夏目は、そこに表れた名前を見て軽く息を呑んだ。タイミングが悪い、舌打ちが出る。

「……野々原さんですか？」

「！」

言い当てられて夏目は勢いよくディスプレイから顔を上げた。今度こそなぜばれたのかわからず唇を痙攣させると、秋吉が微かな苦笑を口元に浮かべた。

「画面見た途端、しまった！　って顔して一瞬俺のこと見たからですよ。この前野々原さんとアドレス交換したときも同じような顔したから、もしかしたらと思っただけです」

別段確信があったわけでなく、カマをかけられただけらしい。

先走った自分を内心罵りつつ、夏目はやけくそになって声を荒らげた。

「仕方ねぇだろ、向こうから連絡来るんだから！」

「別に、普通に連絡を取り合うくらいなら構いませんよ。でも変に彼女に手は出さないでくださいね」

険を含んだ夏目の声などするりとかわし、秋吉は夏目の丼を覗き込む。

「食べないんですか。冷めますよ」

「…っ…もういらねぇ！」

さんざんこちらを動揺させておいて涼しい表情を崩さない秋吉にムッとして、夏目は乱暴に椅子を蹴ると中身が残った丼を手に立ち上がった。秋吉の反応も見ずにテーブルを離れ、食器返却棚に器を置いて学食を飛び出す。

大股で図書館ロビーの脇を歩き、生協の前を通り過ぎ、脇目もふらずに中庭を横切った夏目は、研究室棟も素通りして自転車置き場に向かった。

すでに授業が始まっているからか、自転車置き場に人気はない。夏目は自転車の列の端に置かれた自販機の側面に背中をつけると、ずるずるとその場にうずくまって頭を抱えた。

心臓がバクバクと大きく脈打っている。早足で食堂からここまで歩いてきたから、というだけではないだろう。膝に額を押しつけるとたちまち視界が翳《かげ》り、仄暗《ほのぐら》い視界の中に先程目の当たりにした秋吉の顔が蘇った。

『彼女に手は出さないでくださいね』

少しだけ苦々しい表情でそう言った秋吉を見たら、いっぺんに顔が熱くなった。

半袖から伸びた剝き出しの腕に触れる頰が熱い。大きく目を見開いていないと何かがこぼれ落ちてしまいそうだ。耐えろ、耐えろと自分に言い聞かせたが、自転車置き場に風が吹き、睫《まつげ》が小さく震えた途端、足元のアスファルトにぽつりと黒い染みができた。

それを見た瞬間、張り詰めていた糸がぷつりと切れたように、全身から力が抜けた。頭を抱え込んでいた手をずるりと脇に垂らすと、すり切れたスニーカーの間に次々と新たな染みができて、やがてそれも潤んだ視界に吞み込まれる。

今この瞬間まで必死になって認めまいとしてきたことが、緩んだ心の隙間からあっさりと侵入して拡散する。それを押し止める術《すべ》もなく、夏目は両目からほたほたと涙をこぼして切

BCSS

れ切れの溜息をついた。

高校生の頃から、男同士でまともな恋愛などできないと思ってきた。その考えは今も変わらない。

だから、誰かを好きになるなんて不毛なことはするまいと誓ってきた。気になる人物はすべて肉体的に好みなのだと思い込み、どこにどうして惹かれたのか深く考えないようにした。ネット上で見たゲイの人々も肉体関係さえ結べればよしとする人が多く、自分もそうあろうと努力した。それなのに。

予兆はあった。自分でもわかっていた。

去年の夏合宿の飲み会で、気がついたらテーブルに自分と秋吉しかいなかったあのときから、もう微妙に歯車は狂い出していたのだ。

ああ、こいつ逃げ遅れたんだな、と思い、隣のテーブルに行くよう促したが、秋吉はその場から離れなかった。つまらないだろうと尋ねると、気負いもなく面白いと言う。

「面白いですよ。普段の三倍速で喋る先輩」

そう言ってほんの少し笑った秋吉を見て、酔った頭の隅で思ってしまった。

ああこいつのこと好きだわ、と。

思い返せば二年前、初めて実習で秋吉を見たときも、真剣な横顔がいいなと思った。秋吉という名が苗字とは思わず、「なんでお前だけ下の名前で呼ばれてんの？」と尋ねた夏目に、秋吉は「苗字です」と答えて大きな掌を広げてみせた。そこに一文字一文字ゆっくりと漢字を書く生真面目な顔から、どうしてか目が離せなかった。

その後も、普段は仏頂面だが友人たちと話しているときは少しだけ笑うところとか、やけに真剣な顔でおにぎりの包みを剝く顔とか、他愛のない秋吉の横顔に何度でも見とれた。

秋吉に目を奪われるのは、単に好みの体型だからだと自分に言い聞かせてきた。男同士の恋愛に、まともな結末など待ち受けているはずもなかったからだ。

夏目は両腕で膝を抱え込み、馬鹿だなぁ、と自分を嘲笑《あざわら》う。

一度自覚してしまえば次々と秋吉の声や仕草が蘇り、自分はこんなにも秋吉を目で追っていたのかと呆れた。その上野々原に手を出さぬよう秋吉に威嚇されたことに、こんなにも傷つくとは。

鼻にかかった声で小さく笑い、夏目はゆるりと目を伏せる。どうにもならない想いなら、自覚しない方がまだましだったが、今となってはもう遅い。

目を閉じても、瞼の隙間から涙は次々とこぼれていく。ならば全部出ていってしまえと、夏目は強いて涙を止めることを放棄した。

（全部、なかったことにしよう）

夏目は痙攣する脇腹を必死に宥め、自分自身に言い聞かせる。自分は秋吉のことなど好きではないし、あくまで体のラインが好みなだけで、恋愛感情は持っていない。

涙とともに、胸に凝った想いもすべて押し流し、空になった胸の中に夏目は新たな感情を植えつける。

(秋吉のことは、もう絶対好きにならない)

今この瞬間まで好きだったことは認めても、この先に同じ想いは抱かない。秋吉のようなノンケに手を出すほど、自分は馬鹿ではなかったはずだ。

膝を抱え、夏目は黙って涙を落とす。足元に落ちる小さな染みが、やがてひとつの大きな塊になり、夏の乾いた風に吹き浚われて乾いてしまうまで、夏目はその場にうずくまり、ひたすら静かに泣き続けた。

◆◇◆

大学の中庭に造られた小さな池で、濁った水が夏の陽光を照り返す。すっかり温《ぬる》んだ水は膝の高さほどあるコンクリートの縁で囲われ、秋吉はそこに腰かけて中庭を囲む木々を見上げていた。

木の幹にでも止まっているのか、頭上では絶え間なく蟬が鳴き交わしている。木陰の下に身を置いているというのに、座っているだけでじわじわと額に汗がにじんだ。

ねっとりと暑い空気に鼻も喉も覆われて、息苦しいほどの真夏の午後。理由もわからず夏を嫌う秋吉には一番気が滅入る時間帯だが、秋吉はじっとその場から動かない。

腕時計を見ると、次の授業まであと三十分近くもあった。こめかみを伝う汗は止まらず、せめて飲み物くらい買ってこようかと腰を浮かせかけたら、中庭の向こうで華やかな声が上がった。

「秋吉君、そんな所で何してるの？」

学生の九割を男が占める学内では滅多に響き渡らない女性の声。真上から降り注ぐ眩しい光に手をかざしてこちらに歩いてくるのは、野々原だ。秋吉は浮かせかけていた腰を下ろし、数歩先で立ち止まった野々原を見上げた。

「次の授業まで時間が空いたから、授業が始まるのを待ってる」

「わざわざ外で？」

「学食も図書館も一杯で……」

「だったら研究室にいればよかったのに」

肩まで伸びた栗色の髪を耳にかけ、野々原は不思議そうに小首を傾げる。秋吉は曖昧に頷いて額ににじんだ汗を拭った。隣の部屋に夏目がいるかもしれないと思うと研究室に向かう足が鈍った、なんて本当のことは口にできない。

肩越しに背後の研究室棟を振り返ると、三階の窓辺をちらりと人影が過ぎった。あの窓の向こうは院生室だ。一瞬見えたのは夏目だろうか。それとも他の誰かか。

夏目かもしれない、と思っただけで心臓がねじれたようになった。夏目のことを考えると、先日学食で一緒になったときのことも思い出してしまい、後悔とも羞恥ともつかない感情に揉《も》みくちゃにされる。

突然田島と野々原のことを話題に出した小糸川を慌てて黙らせた自分の言動は、夏目の目に不自然に映らなかっただろうか。田島と野々原がいい関係になっていると知った夏目がどんな顔をするのか見たくなくて、我ながらかなり強引に話を打ち切ってしまった。

あれはいろいろとタイミングが悪かったと、誰に聞かせるでもない言い訳が胸にこだまする。

学食に行く直前、研究室で田島に顔を寄せる夏目の姿さえ見ていなければ。そう思わざるを得ない。

窓越しに見た夏目は田島に顔を寄せ、途中でためらったように動きを止めた。思い詰めたその横顔からは田島への想いがにじみ出ているようで、だから田島が野々原とつき合うかもしれないと知ったとき、夏目がどんなに傷ついた顔をするか容易に想像できてしまって、黙って見ていられなかった。

あれから数日が経つが、夏目は小糸川から話の続きを聞いただろうか。研究室の廊下で過去問を抱えて俯く、夏目の繊細な一面を知ってしまった秋吉としては気が気でない。

それでいて、実際夏目の表情を確かめるのにもためらいがあった。もしもこれまで以上に憔悴《しょうすい》していたりしたら。

（それはなんだか、凄《すご》く駄目な感じがする――……）

自分でも上手く捉えきれない『駄目な感じ』が、膨らんで弾けてしまうような気がした。だから秋吉は、ここのところ極力研究室に足を向けないようにしている。

「ところで秋吉君、この前貸した本、どうだった？」

落ち着かない気分で指先をこすり合わせていたら、横から野々原に顔を覗き込まれた。物思いに沈んでいた秋吉は小さく瞬きをすると、緩く曲げていた背筋を伸ばす。

「面白かった」

「ホントに？」

間髪入れず疑わしげな顔で問い返され、同じ嘘がつけなくなった。野々原はそんな秋吉の反応を見逃すことなく、両手を腰に当てて溜息をつく。

「ちゃんと秋吉君にも楽しんでもらえるようなの選んだつもりだったんだけどなぁ」

「いや、本当に面白かった……と思う。小糸川もそう言ってたし。ただ、俺にはちょっと、難しかっただけで……」

「全然難しい本じゃないよ、あれ」

真顔で言葉を選ぶ秋吉がおかしかったのか、野々原が体をくの字に折って笑う。これ以上の言い訳は藪蛇《やぶへび》になりそうで、秋吉は黙って汗のにじんだ首筋を拭った。

夏目がはまっているというから読んでみたが、やはり自分にあの手の本は合わないらしい。今借りている本もまだ全部読みきってはいないが早々に返してしまおうか。そう口にしかけたとき、野々原がふいに笑いを引っ込め肩かけ鞄から携帯電話を取り出した。

「あ、夏目先輩だ。ちょっとごめんね」

秋吉の顎が鋭く跳ねる。自分でも驚くほど強く夏目の名前に反応してしまった。そんな自分の態度を隠そうと秋吉は口元を手で覆うが、野々原は気づかず夏目に返信をしている。だが、野々原が携帯を鞄にしまおうとするとすぐにまた着信があって、野々原は呆れたような笑いを漏らした。

「なんだろ、今日の夏目先輩超返信早い」

いつもはこうじゃないのに、と呟いてまた野々原が携帯を覗き込む。

完全に会話が中断され、秋吉は手持無沙汰になって膝の上で指を組んだ。それからふと気になって、背後の研究室棟を振り返った。

別段予感があったわけではない。だが見上げた先、中庭に面した院生室の窓の向こうに立つ人影を見て、目を見開いた。

窓際に立ってこちらを見下ろしていたのは、夏目だった。人影は一瞬で窓辺から離れたが、確かに視線が交わった。夏目は先程からずっと、この中庭を見ていたのだ。

(……俺が野々原さんと喋ってるの知ってて、わざと？)

野々原にはちょっかいを出すなと何度も釘を刺しているのにどういうつもりだろう。しかも今は夏目の方からメッセージを送ってきた。野々原が秋吉と一緒にいるのを承知の上で。

(俺の言うことを聞く気はないってことか……？)

思った途端踵に鈍い痛みが走って、無意識に池の縁から立ち上がっていた。勢い余って踵を縁石にぶつけたらしい。野々原は当然のごとく不思議そうな顔でこちらを見上げてきたが何ひとつ説明できることはなく、秋吉は野々原に短く別れを告げると大股で研究室棟に向かった。二段抜かしで階段を駆け上がり、ノックも抜きで院生室の扉を開ける。

ドアを開けた途端、窓の外から射し込む強い光が目を焼いて、窓辺に立つ細い体が影絵のように浮かび上がった。入り口に背を向ける格好で窓の外を見ていたのは、思った通り夏目だ。室内には夏目の他にも数人の院生がいて、突然乱入してきた秋吉に目を丸くする。

「夏目先輩、ちょっといいですか」

一気に三階まで駆け上がったので息が上がり、いつもより段違いに低い声をごまかしてくれた。一体どんな顔で振り返るかと思いきや、こちらを向いた夏目は至って平静な顔をしていて、それがまた秋吉の神経を逆なでする。

夏目は特に隠すでもなく手にしていた携帯をジーンズのポケットに入れ、秋吉の元へやってくる。半袖から覗くその細い腕を力任せに引っ張ってしまいたくなるのを堪え、秋吉は斜め向かいのコピー室を目線で示した。

狭いコピー室には、普段滅多に人がいない。室内には明かりすらついておらず、先に部屋に入った秋吉は手探りで壁際のスイッチを押した。特に異論も挟まずついてきた夏目が扉を閉めるのを待って、秋吉は勢いよく夏目を振り返る。

「さっきの、なんですか」

「さっきのって?」

ふてぶてしいほどの無表情で尋ね返され、腹の中心に火をつけられた気分になった。

自分の腹にはいつからこんな真っ黒なタールのような感情が淀《よど》んでいたのか。一瞬で燃え上がった炎が全身に燃え移り、手足が暴れそうになるのを拳を握り締めて耐える。

「俺と野々原さんが一緒にいるの、わかってて連絡よこしたでしょう。アンタ一体何がしたいんです、人の忠告無視ばかりして」

「何怒ってんだよ?」

秋吉の言葉を遮るように、夏目がふっと小さな笑みをこぼす。とっさに怒っていないと答えようとしたが、怒りでないならこの感情はなんだと思ったら、舌先がもつれた。

確かに自分は夏目に対して怒りを感じていて、でもこんなことで自分が怒るのはお門違いだということもわかっている。野々原に夏目が横恋慕をしたとしても、それを止める権利など自分にはない。正当な理由すらない。

結局自分は部外者なのだと、唐突に突きつけられて声が出なかった。

言葉を失った秋吉を見上げ、夏目はわずかに肩を竦める。それから首筋に手を当て、凝った部分を解《ほぐ》すようにゆるゆるとその場所をさすった。

「仕方ないだろ、本当に用事があったから連絡しただけなんだから」

落ち着いた口調ではあったが、秋吉はその裏に隠された嘘を見破る。

夏目が首筋に置いていた手を移動させ、中指と人差し指で耳朶を挟んだからだ。

「嘘ですね」

今度は迷わず声が出た。わずかだが夏目の頬に緊張が走り、確信を得て秋吉は勢い込む。

夏目が自分に嘘をついたことで、俄かに夏目を責める権利を手に入れた錯覚に陥った。

「どういうつもりです。どうしてそう簡単に嘘ばかりつくんですか」

「……嘘じゃねぇよ」

そう言いながらも夏目の指先は忙しなく耳元を触り続けている。どうあっても事実を認めようとしない夏目に無性に苛立ち、秋吉はさらに言葉を重ねた。

「実際嘘ばかりじゃないですか。自分のことゲイじゃないって言ってみたり、飯なんてろくに食ってないくせに食ったなんて言ったり、田島先輩の目にゴミが入ったなんていうのも嘘でしょう？　夏目先輩、本当は——……」

田島先輩のことが好きなんじゃないですか、と問い詰めようとした秋吉だったが、思いがけず鋭い夏目の視線がそれを遮った。

「……田島は関係ないだろ」

耳元から指を離し、夏目が乱暴に髪をかき上げる。不用意に田島の話など出したせいか、いっぺんに声も低くなった。

「そもそも野々原さん以外なら、俺が誰に手を出したって構わないだろ、お前野々原さん狙いなんだから。その上相手が男なら、手当たり次第手ぇ出したって絶対お前の敵にはならないだろうが。俺がどう振る舞うか、お前になんか関係あんのか？」

口早にまくし立てた夏目はその場から一切動かなかったが、どうしてか強い力で後ろに突き飛ばされたような気がした。

夏目に言われるまでもない。自分は別段野々原に惹かれているわけではないし、田島に義理立てするような理由もない。当然夏目の行動を制限するような権利もどこにもない。関係のない、部外者だ。

だがそれを認めてしまったら最後、もう夏目の前に立てなくなるような強迫観念に駆られ、秋吉は苦しまぎれに言葉を探す。

「……目撃するこっちの身にもなってください。ギョッとするんですよ」

闇雲に思いついたことを口にしただけにしては間違っていないような気もしたが、やはり何かが嚙み合わない。自分でもわかる。言葉が本音から逸れていく。

夏目はいかにも納得していなさそうな不機嫌な顔でこちらを見て何も言わない。沈黙に追い立てられ、秋吉は喘ぐように言葉を継いだ。

「それに、手当たり次第その辺の男に手なんか出されたら……こっちまでそういう対象にされる可能性だって――……」

「それはない」

秋吉の言葉が終わるのを待たず、夏目が冷たい声で言い放つ。

それどころか、自惚れるなとばかり夏目は鼻先で笑い、時間を気にしたふうに自身の腕時計に視線を落とした。これ以上は時間の無駄だと言いたげに。

その間、夏目は一度も自身の耳に触れなかった。だからきっと、今の言葉に一切の嘘はない。たとえ手当たり次第周囲の男共に手を出したとしても、夏目が自分に手を伸ばすことは決してないのだ。

何か言おうと息を吸い込んだものの声は出ず、秋吉は細く長い息を吐く。まだ腕時計を見詰めたままの夏目が「もういいか」と言い出すのを待たず、踵を返して部屋を出た。

勢いに任せて廊下に出ると、ちょうどコピー室の前を通りかかった人物とぶつかりそうになった。慌てて後ろに飛びすさった相手の顔を確認して、秋吉は眉根を寄せる。こんなときに限ってタイミングが悪い。そこにいたのは、田島だ。

後ずさりしたときずれたのか、田島は眼鏡を押し上げ目を瞬かせている。自分の顔が険悪になっているのがわかって、秋吉はとっさに田島から顔を背けた。かろうじて会釈だけしてその場から離れようとすると、何も知らない田島がのんびりと声をかけてきた。

「秋吉、そういえばこの前の話だけど。ほら……夏目の秘密。まだ興味ある？」

コピー室に夏目本人がいることなど知る由もないはずだが、内容が内容だからか声を潜めた田島を肩越しに振り返る。悪戯っぽいその顔に、秋吉はわずかに目を眇めた。

「いえ——もう結構です」

「え、あれ、秋吉？」

背後から戸惑ったような田島の声が聞こえてきたが、フォローする気にもなれなかった。

階段を下りる間も、「それはない」と言いきった夏目の冷淡な横顔が何度も脳裏を過ぎり、秋吉は強く奥歯を噛み締める。腹の底でぐつぐつと煮えたぎるものの正体がわからない。

外に出ると真上から焼けつくような日差しが照りつけてきて、薄暗い室内との落差に目がついていかずその場で棒立ちになった。腹の底で渦巻く想いが外へ漏れてしまったかのように、足元から乾いた熱風が巻き起こる。

これと同じことが昔もあったと一瞬思った。だがそんな些末な記憶は荒れ狂う感情に呑み込まれ、現在の自分の心境に名前をつけることも、昔のことを思い出すこともできないまま、秋吉は再び大きく足を踏み出した。

日増しに風が暑くなる。

日中、ぎらつく太陽にあぶられた大地は夜になっても放熱を続け、辺りが闇に包まれても、さほど気温が下がらない。

下宿先のアパートを出て、近所のコンビニで夜食のカップ麺を買った秋吉は、店から出るなり肌にまとわりついてきた温い空気に顔を顰めた。

来週からはいよいよ前期試験が始まる。自宅で黙々と試験勉強に勤しんでいたら、うっかり夕食を食べ損ねてしまった。普段の秋吉は節制のためごく簡単ではあるが自炊をしているのだが、さすがに料理を作るには遅すぎ、さりとてすぐに食べられるレトルト食品の買い置きもなく、夜のコンビニまで買い出しに来ていた。

カップラーメンひとつしか入っていない軽いビニール袋をガサガサいわせ、秋吉は小さく首を鳴らす。午前の授業が終わり、家に戻ってから今までほぼ休憩なしで机に向かっていたのでさすがに体が強張っている。帰り際、小糸川たちに一緒に試験勉強をしないかと誘われたが、どうせ半分は菓子を摘んだり他愛もない話をしたりして無駄に過ごしてしまいそうだったので、ひとり家に帰ってきた。

「秋吉は真面目すぎるんだよ！　そんなにガツガツ勉強しなくちゃいけないほど成績悪いわけでもねぇくせに！」と小糸川は口を尖らせたが、今は何かひとつのことに集中したかった。そうしないと、何度でも夏目の言葉を思い出してしまいそうだったからだ。

耳を触ることなく「それはない」と言いきった夏目の横顔を思い出すと、皮膚の下でざわざわと血潮がさざめくようでじっとしていられなくなる。その理由が未だにわからないのも秋吉を落ち着かなくさせるので、極力あの日のことは思い出さないようにしていた。次の日はゼミだったが、ゼミが始まる直前に研究室棟に入り、終わると同時に逃げるように外へ飛び出して、間違っても夏目と顔を合わせないようにしたほどだ。

前々から夏目に対して感じている『駄目な感じ』の正体すらつかめない秋吉には、新たに生まれた感情に名前をつけることなどまだできそうもない。

考えないようにしていたつもりがまた夏目のことに思いを巡らせている自分に気づいて軽く首を振ったとき、ジーンズのポケットに入れていた携帯が小さく震えた。メールかと思ったが振動はやまず、どうやら電話の着信らしい。ディスプレイに表示されたのは小糸川の名で、夜の十時も過ぎているのになんの用だと怪訝《けげん》に思いつつ携帯を耳に押し当てた。

「はい、もしも——」

『秋吉！　どうしよう、俺……どうしよう……！』

秋吉の言葉が終わらぬうちに、電話の向こうから押し殺した小糸川の声が聞こえてきた。その切迫した声にただ事でない気配を感じ、秋吉は携帯を耳に強く押しつける。

「どうした、何かあったか？」

『どうしよう、俺、やっちゃって……』

「何を、事故か⁉」

『じゃなくて、研究室で――……』

小糸川の声に涙が混じる。その後は何を訊いても明確な答えが返ってこず、秋吉はとにかくどこにいるのか教えろと電話口で声を張り上げた。やっと小糸川が大学の研究室にいることが判明すると、秋吉はいったん電話を切りその足で大学に向かって走り出す。

秋吉の住むアパートから大学までは歩いて十五分ほどかかるが、それを約半分の時間で駆け抜けた。夜も遅いのですでに門は閉まっていたが、その脇の細い通用口に身を滑らせて学内に駆け込む。実験機材が学校にしかないため、理工学部のキャンパスには研究室に泊まり込む輩《やから》が多く、おかげでかなりセキュリティは甘い。

真っ暗な中庭を横切り、研究室棟の階段を駆け上がって研究室の扉を開くと、電気はついていたものの中には誰もいなかった。肩で息をしながら小糸川の名前を呼ぶと、廊下で掠れた声がする。外へ出てみると、院生室から半身を出していた小糸川が、半分泣きべそをかいた顔で秋吉の腕にすがりついてきた。

「秋吉！　秋吉、どうしよう、俺……！」

「どうした！　なんだこんな夜遅くに」

「な、夏目先輩のパソコンが、俺、本当に……」

小糸川の話は一向に要領を得なかったが、夏目のパソコンに何か起こったことだけはわかった。秋吉はすがりついてくる小糸川をそのままにして、院生室の扉を開ける。

隣の部屋とは違い、院生室はなぜか明かりがついていなかった。窓際に一台だけ明かりのついたパソコンがあり、その前には、ぽかんとした顔の夏目がいる。

夏目は後ろで髪をひとつに縛り、秋吉が部屋に入ってもまるで反応を示さない。その横顔を見た瞬間、前回のことを思い出しドキリとしたものの、そんな思いはすぐ別の種類の感情にかき消された。

パソコンの画面から漏れる青白い光に照らされる夏目の横顔からは、まったく生気が感じられなかった。親の葬儀にでも出席しているのかと疑うくらい虚《うつ》ろな顔をしている。見ている方が言い知れない不安を覚えるほどだ。

不穏な想像を振りきって、秋吉は大股で夏目の傍らに歩み寄るとその肩を叩いた。

その振動で我に返ったのか、ピクリと夏目の体が震える。それからゆるゆると秋吉を見た夏目は、やはりどんな表情も浮かべていない。

「……何がありました」

パソコンのディスプレイから漏れる光しか光源がないので、部屋の中は薄暗い。秋吉が乱れた息の下から尋ねると、夏目は妙にゆっくりとした瞬きをした。

「…………データが飛んだ」

静まり返った室内に、水気の失せた夏目の声が響く。ごく短い言葉だけで事の重大さを推し量るのは難しく、秋吉はパソコンのディスプレイを覗き込んだ。

アイコンもない真っ黒なデスクトップに、大量のウィンドウが表示されている。すべてシステムエラーメッセージのようだ。わけがわからないままキーボードを叩いてみたが反応はなく、マウスを動かすとポインタは反応するものの、なぜか右クリックが利かない。

「……ハードディスクが、丸ごと消えたっぽい」

夏目がほとんど唇を動かさずに呟いた言葉に、秋吉は背筋を凍りつかせた。

夏目のパソコンにはここ数ヶ月ずっとかかりきりだった二足歩行ロボットのプログラムが入っているはずだ。それがすべて消えたということか。

「バックアップとってないんですか」

「とってる……けど、最後にバックアップとったのいつだったか覚えてない……」

そこで初めて、夏目の声色に変化が生じた。

「——……今日やっと、初めてめくりが成功したんだ」

夏目の声が高く、細く、子供のような頼りないものにすり替わる。今にも泣き出してしまいそうな声にギョッとしたものの、実際に夏目の目尻から涙が落ちることはなく、表情を動かす気力もないのかぼんやりとした顔で俯いてしまった。

まだ状況が摑めず秋吉が動けずにいると、院生室の入り口で小糸川が涙声を上げた。

「パソコン、ウィルスに感染したみたいなんだ……俺のせいで」

秋吉は呆《ほう》けた顔でディスプレイを眺める夏目と、ドアにすがりついて涙ぐむ小糸川を交互に見て、まだ話が通じそうな小糸川に事情を話すよう迫った。

途中で何度も謝罪を挟みながら小糸川が語った内容を整理すると、以下のようになる。

夜まで研究室で友人たちと試験勉強をしていた小糸川は、他の者たちが全員帰った後、院生室を訪れたのだそうだ。夏目に過去問の解説をしてもらおうとしたらしい。だが、夏目は部屋の隅のソファーで仮眠をとっていて、他の院生たちも皆帰ってしまっていた。

目が覚めるまで待っていよう、と考えた小糸川は、一台だけ立ち上がっていたパソコンで気まぐれにサイトを巡り、出来心で海外のアダルトサイトを閲覧してしまったらしい。そこでウィルスに感染したようだ。

一通り話を聞いた秋吉は、さすがに呆れた顔を隠せなかった。

「お前……学校のパソコンでエロサイトって……」

「わかってるよ！　全部俺が悪いよ！」

秋吉が言いきるのを待たず、小糸川はわっと両手で顔を覆ってしまった。

さらに詳しく聞いてみると、閲覧中にブラウザのアップデートがかかり、面倒なのでキャンセルボタンを押したら突然大量のエラーメッセージが表示されたのだそうだ。ギョッとしたところでパソコンの復旧ツールが立ち上がり、小糸川は大いにうろたえたという。

院生室のパソコンで何か重大なことが起こっている。それも自分が操作しているときに。

夏目が目を覚ます前になんとか対処できないかといろいろ弄ってみたものの、その時点ですでにデスクトップ上のアイコンをクリックしても反応がなく、右クリックもショートカットキーも使えなくなっていたそうだ。

それで迷って迷って、小糸川は唐突に立ち上がった復旧ツールの「repair」ボタンを押した。復旧ツールが、元からこのパソコンに入っていた正規のものだと信じて。

ところがボタンを押した直後さらに大量のエラーメッセージが表示され、追い打ちをかけるように「ハードディスク内に重大なエラーが発生しました」という警告文が現れるに至って、小糸川は慌ててパソコンを強制終了させた。

そして恐る恐る再起動してみたところ——デスクトップ上のアイコンはすべて消え、スタートボタン内のリンクも削除されて、相変わらずショートカットキーも右クリックも使えず、最早ほとんどまともに操作できなくなっていたというわけだ。

「その辺りで夏目先輩が起きてきて……慌ててパソコンの様子見てくれたんだけど、途中からああなっちゃって……」

グスグスと鼻を鳴らしながら小糸川が夏目を見遣る。夏目はパソコンの画面を見詰めたまま一切動かない。表情もぼんやりとして、きちんと息をしているのか不安になるくらいだ。

「俺ひとりじゃどうにもならないし、秋吉の他にこの辺に住んでる奴思いつかなくて……」

秋吉は夏目の元に駆け戻ると、後ろから夏目のパソコンを覗き込んだ。相変わらず真っ黒な画面には大量のエラーメッセージが表示され、見たこともない復旧ツールが未だに動き続けている。

「夏目先輩、この復旧ツールは……?」

「……知らね。多分、それ偽復旧ツール」

ならばこの復旧ツールは止めるべきだと思うのだが、まずタスクマネージャーを立ち上げることもできない。かろうじてポインタは動くがデスクトップ上にアイコンはなく、スタートボタン内のリンクも消えている。一応確認してみたが、小糸川の言う通りショートカットキーも使えない。

秋吉は低く唸《うな》って屈めていた身を起こした。

「最悪ハードディスク外して、別のパソコンでデータだけ吸い上げるとか……」

「……無理」

夏目は視線をわずかに秋吉へ向けると、カサカサに乾いた唇で言った。

「これ、二足歩行ロボ専用のPC……。開発環境用にカスタマイズしてるし……データだけ吸い上げられたとしても、開発環境一から構築してたら、サマーカレッジに間に合わない」

他のパソコンとはスペックも違うし、と独り言のようにつけ足され、秋吉もようやっと事の重大さを悟った。これは夏目が青くなるわけだ。

詰まる話がデータを吸い上げるだけでなく、このパソコンのOS自体を復旧させなければ、サマーカレッジで二足歩行ロボを動かすことは絶望的になるということだ。

秋吉は自分の気持ちを鎮めるように大きく一度息を吸う。この場には必死で涙を堪える小糸川と、魂が飛んだような夏目しかいない。今ここで自分が取り乱したら本当に収拾がつかなくなる。そう自身に言い聞かせ、ぼんやりとディスプレイを見詰める夏目に確認した。

「ネットは切ってますね？　他に誰か……田島先輩には連絡しましたか？」

「……いや、まだ」

どうやらほとんど頭が回っていないらしい。秋吉は携帯を取り出すと、すぐさま田島に電話をかけた。時刻はすでに十一時近いが、時間など気にしていられない。

電話の向こうでコール音が鳴り響く。いつになく間延びして聞こえるそれに、秋吉は苛々と携帯の縁を指先で打った。気が急いて体をじっとさせておくことができない。

数コール目で田島と電話が繋がった。先程小糸川がそうしたように、秋吉は田島の声が聞こえるや一気に用件をまくし立てた。

「田島先輩ですか、研究室のパソコンがウィルスにやられました。二足歩行ロボのパソコンが壊れた可能性があります、今すぐこっちに来られませんか」

空気越しに田島が絶句したのが伝わってくる。すぐには言葉も見つからぬ様子で「え」とか「あ」とか言っていたが、しばらくして、打ち沈んだ声で田島は言った。

『ごめん、無理だ……今実家』

「実家ってどこです？」

返ってきた地名を聞いて秋吉は眉間にざっくりとシワを刻む。ここから電車で優に二時間はかかる場所だ。恐らく終電でももう間に合わないに違いない。

『明日、明日の朝一にはそっちに向かうから！　そこに夏目いるんだろう？　悪いけど秋吉、一晩だけ面倒見てやってくれないか！』

「一晩で復旧できるとは思えません」

『復旧できなくても、せめてどういう類のウィルスかだけでも調べられないか。多分それ、夏目じゃ無理だ。夏目の奴、きっと魂抜けたみたいになって使い物にならないだろう？　あいつ自分の研究以外からっきしだし』

横目で夏目を見た秋吉は、確かに、と頷いて少しだけ苦々しい気分になった。さすがに夏目とのつき合いが長いだけあって、田島はよく夏目の性格をわかっている。

とりあえずできる限りのことはすると伝えて秋吉は電話を切った。途端に小糸川が秋吉の腕を摑んで揺さぶってくる。

「た、田島先輩なんだって？」

「明日にならないと来られないそうだ」

「えっ！　じゃあどうすんだよ⁉」

「とりあえず俺たちでできるところまでやってみるしかないだろう。夏目先輩、ちょっとどいていてください」

秋吉の声に反応して、夏目がのろのろと椅子から立ち上がる。今にも倒れてしまいそうな夏目を壁際のソファーに座らせると、秋吉は早速パソコンの復旧に取りかかった。が。

「なあ、秋吉どうだ？　直りそうか？　どうしよう俺、こんなことになるなんて……！」

自分が元凶だという自覚があるせいか、小糸川が横からうるさく声をかけてくる。だからといって適切な作業が行えるほどの余裕もないらしい。その上秋吉がパソコンの電源を落とそうとすると、慌ててその手を摑んできた。

「な、な、何すんだよ？」

「何って……まともに動かないから、一度電源落とす」

「落とすな！　このウィルス、再起動するたびに状況が悪くなるんだよ！」

小糸川はブルブルと首を振って秋吉の手を離さない。そんな小糸川を、珍しく大きな声で秋吉が一喝した。

「小糸川、お前邪魔するなら出てけ！」

「邪魔なんかしてねぇよ！　でも俺どうしていいかわかんなくて……！」

「だったら夏目先輩と一緒に帰れ、いてもいなくても変わらん！」

「帰らねぇよ」

小糸川と言い合いをしていたら、後ろでぽつりと夏目が呟いた。振り返ると、夏目はソファーの上で膝を抱え、じっと自身のパソコンを見ている。その目は異様なほどに真っ直ぐで、言い知れない気迫に呑まれて小糸川だけでなく秋吉まで口を噤んでしまった。

「小糸川、お前はマジで帰っていい」

「せ、先輩まで、そんな……」

「別に怒ってるわけじゃねぇよ。……いや、怒ってはいるけど、英語もろくに読めねぇくせに海外のエロサイト見るとか舐《な》めてんのかとは思うけど、今は帰っていい」

夏目の一本調子に恐れをなしたのか、小糸川が涙目で秋吉を見上げてくる。秋吉もさすがにフォローの言葉を見つけられず、諦めろとばかり首を左右に振った。

「今は、秋吉に任せたい。集中させてやりたいんだ」

夏目の声は掠れて小さかったが、そこには強い意思が感じられた。夏目自身はこの場所に残る気でいることも察せられ、秋吉は軽く小糸川の背中を叩く。何か進展があったら必ず連絡すると約束すると、小糸川はさんざん迷った挙げ句、しょげ返った表情で静かに院生室を出ていった。その背中には極太の毛筆で『猛省』とプリントされていて、偶然とはいえ笑うこともできない。

小糸川を見送り、秋吉は改めて画面に表示される大量のエラー文章を読んでみた。英語で『ウィルスに感染したので下記のサイトに登録しろ』といった内容が書かれているようだ。

「……多分、ウィルスを使った詐欺ツールですね」

秋吉は夏目に確認をとってから、室内に並ぶ別のパソコンの電源を入れる。エラーの文章をそのまま検索サイトに入力してみると、思った通り幾つかのウィルスがヒットした。それをざっと読み下し、秋吉は画面に顔を向けたまま言った。

「多分、見えないだけでどこかにハードディスクもあると思います」

背後でぎしっとソファーが軋む。室内の空気は張り詰めて、少し離れた場所に座る夏目の息遣いまで伝わってくるようだ。

「……マジか？」

「まだ確約はできませんよ。でも、できる限りのことはやってみます」

とりあえず該当するウィルスさえわかれば、対処のしようもあるはずだ。ウィルスに感染した際の対応を掲載しているページも多く、案外なんとかなるかもしれない。

そう思った秋吉だったが、作業を進めるうちにじわじわとその表情が曇ってきた。

どうやらこのウィルスは、エラーメッセージが出た瞬間に強制終了し、オフラインにした状態で再起動するのが最善の方法だったらしい。それ以外のことを行ってしまうと、どんどん症状が悪化する。

だが小糸川はそれを知らず、半ばパニック状態でオフラインにするのも忘れ再起動を繰り返したのだろう。今やパソコンはほとんどまともに動かず、この状態でどうやって処置をしたものか見当もつかない。

まるで手の施しようがなく、やはり一度電源を落とすべきかと電源ボタンに指をかけた秋吉だが、去り際に小糸川が残した言葉を思い出してほんの少しだけ躊躇した。

　小糸川は青い顔をして、電源を落とすとますます状況が悪化すると言い張った。まさかとは思うものの、それは呪《のろ》いの言葉のように秋吉の脳裏に染み込んで、いったん秋吉は電源ボタンにかけた手を引く。

「とりあえず、セキュリティーツールとウィルス駆除ツールを別のパソコンからＵＳＢに入れて、こっちのパソコンで起動させましょう」

　秋吉の言葉に反応して、夏目がすぐさま自身の机からＵＳＢを取り出した。先程よりはまともに頭が動いているらしい。

　ありがたいことにＵＳＢは認識できる。右クリックが使えないだけでマウスも動く。どうにかセキュリティーツールも起動したが、なぜかウィルス本体は一向に検出されない。新手のウィルスなのかもしれなかった。

「システム復旧ディスク使うしかなさそうですね」

　秋吉の言葉を聞くなり、今度は壁際に置かれたキャビネットに夏目が飛びつく。薄暗い部屋でガタゴトとキャビネットの中を探る音が響き、夏目がＤＶＤを差し出してきた。

　再起動すると悪化する、という小糸川の言葉は無視することにして、秋吉は一度パソコンの電源を落としてシステム復旧ディスクからシステムの復旧を試みる。

パソコンの明かりが落ちると、電灯をつけていない部屋の中がたちまち夜の闇に塗り潰された。窓の向こうにぽつりぽつりと小さな光が浮かび上がる。民家の光か外灯か車のヘッドライトか、判断がつかないうちにパソコンが低い唸り声を上げて立ち上がった。

他に見るものもなく窓の外に目を向けていた秋吉はディスプレイに視線を戻し、ビキッと己の背筋が凍りつく音を聞いた気がした。

先程までは一応立ち上がっていたOSが立ち上がらなくなっていた。代わりに表示されたエラーメッセージを読んで、一気に秋吉の呼吸が浅くなる。

（Cドライブが消えた……？）

ひやりとして、慌ててインストールDVDも試してみたが結果は同じだった。やはりCドライブが見つからない。

エラーメッセージが出ようと妙なツールが起動していようと、一応OSを立ち上げることができていた先程の方がまだましだ。小糸川の「再起動するたび悪化する」という言葉が今更重くのしかかる。

（これはもう、俺たちだけでどうにかできるものじゃない……）

闇雲に弄るのはやめて、せめて明日、田島が来るまで待った方がいいのかもしれない。人が増えれば、何か別の解決策が出てくる可能性もある。

秋吉の斜め後ろに立って状況を見守っていた夏目にそう声をかけようとした秋吉だったが、

一心にパソコンを見詰める夏目の横顔を見たら、そんな悠長なことは言っていられなくなった。

夏目の頬は蠟《ろう》のように白く、瞳は一瞬たりとも画面から離れない。こんな状態で「今日のところはこの辺で」などと言っても夏目は納得しないだろうし、今はどんな些細なことでもやっていないと、きっと夏目の心がへし折れる。

「……もう一度、電源を落としてもいいですか」

ともかくいったん冷静になろうと秋吉は自分に言い聞かせる。夏目が言葉もなく頷いたのを確認してからパソコンの電源を落とすと、室内がまた一段暗くなった。光源は、窓の向こうで瞬く小さな光だけだ。

「……なんで電気消えてるんですか？」

夏目のパソコンが一時ではあるが沈黙して、ようやく室内の不自然な暗さに言及するだけの時間が生まれた。夏目は秋吉の斜め後ろに立ったまま、ああ、と掠れた息を吐く。

「うちの教授が、サマーカレッジ終わるまでは九時以降院生室の電気はつけるなって」

「……節電対策ですか？」

「いや、教授の面子。情報工と機械工の連中に、夜中まで必死になって作業してるところ見られたくねぇんだってよ」

「…………想像以上に馬鹿っぽい理由でびっくりしました」

真剣な声で秋吉が答えると、ほんのわずかに夏目が笑った。疲れ果てた表情ではあったが、少しでも夏目の表情が緩んだことに秋吉はホッとする。

秋吉は自分も軽く伸びをすると、再び夏目のパソコンの電源を入れた。

（とはいえ、ＯＳまで立ち上がらなくなったんじゃな……）

ＤＶＤは抜いて通常起動に戻したものの、これで何か変わるとも思えない。どうしたものかと思っていると、思いがけないことが起こった。先程は立ち上がらなかったＯＳが、なぜか今度は起動したのだ。

秋吉は人知れず息を呑む。ここに来て初めて事態が改善された。相変わらずデスクトップは真っ黒で、嵐のようなエラーメッセージと偽復旧ツールが出てくるのも変わらないが、立ち上がらないよりはまだましだ。

ホッとすると同時に、少しだけ秋吉の心に余裕が生まれた。どうして急にＯＳが立ち上がったのか考え、ヒントを求めデスクトップに次々表示されるエラーに改めて目を通す。それでようやく気がついた。

結局のところ、このウィルスは詐欺ツールなのだ。最大の目的はパソコンを壊すことではなく、目的のサイトに誘導してユーザー登録させることにある。ＯＳが立ち上がらないことには話にならない。

「システム復元ディスクなんかから起動するとＣドライブを隠されるみたいですね」

「……本当にOSがぶっ壊れるわけじゃないんだな」

「所詮は詐欺ツールですから」

少し希望が見えてきて、秋吉は大きく息を吐く。すっかりウィルス作成者の意図にはまっていた自分を顧みて、少々落ち着くべきかといったんキーボードから手を離した。しばらくその体勢で黙考して、あ、と秋吉は小さな声を上げた。

「セーフモードだとどうです？」

最初に試していることだろうとは思いつつ尋ねると、夏目が何やら虚を衝かれたような顔をした。

「それは……小糸川がもう試してるだろ……？」

夏目の声は自信なさ気だ。ソファーでうたた寝をしている間にウィルス感染したため、最初の段階で小糸川が何を行ったかわかっていないのだろう。

「あいつのテンパり振りじゃ、やってないかもしれません」

秋吉は一縷《いちる》の望みをかけ、もう一度パソコンを再起動しセーフモードを選択する。

画面がパッと切り替わり、秋吉と夏目は顔を見合わせた。縮尺こそ異なるものの、一応普段通りのデスクトップが現れる。アイコンも復活している。

「……動くじゃないですか！」

画面上にはエラーメッセージも、妙な復旧ツールも出てこない。セーフモードはウィルスも含め余計なサービスが起動しないからか。後ろに立っていた夏目も身を屈めてパソコン画面を覗き込んできた。

「システム構成から怪しいサービス無効にしましょう。スタートアップも確認して、上手くしたらウィルス本体を削除できるかも——……」

希望の光が見えてきて、いつになく口早に秋吉がまくし立てると、後ろから夏目に肩を掴まれた。左右の肩に両手を乗せられ、肩でも揉んで労《いたわ》ってくれるつもりかと思ったら、首の後ろに何か固いものが押しつけられる。しばらくしてそれが夏目の額だと気づき、秋吉は身を硬くした。

首の後ろで、夏目が自分の名前を呼ぶ。秋吉、と掠れた声で。はい、と応える自分の声も随分と掠れて聞き取りにくかったが、触れ合わせた皮膚からそれを感じとったかのように、夏目は小さく頷いて囁いた。

「………ありがとう」

夏目の押し殺した声と吐息が首の裏に触れ、無意識に秋吉は息を詰めた。返事はおろか、身じろぎもできない。硬直していると、唐突にパッと夏目の両手が肩から離れた。

「悪い、違う、そういうんじゃなくて…っ…」

秋吉が全身を強張らせていることに気づいたのか、慌てて夏目が身を引く気配がして、秋吉は素早く短い息を吐く。

「はい、あの…………。いえ、大丈夫です、わかってますから……」

「うん、その、……だよな」

二人の間に、妙にぎくしゃくとした空気が漂う。夏目はもちろん、自分自身すらどんな顔をしているのかわからず、秋吉は背後を振り返ることもできない。

秋吉は背中に棒でも入っているかのような不自然さで背筋を伸ばし、言葉少なに実行中のプログラムから怪しいサービスを無効にしていく。「それは知らない」とか「それは大丈夫」とか、小さな石を投げるようにぽつぽつと夏目も短い言葉を差し挟み、スタートアップからも見覚えのないものを次々無効にしていった。

「じゃあ、再起動してみますよ」

フッと室内が暗闇に沈み込み、束の間の沈黙の後、パソコンがゆっくりと立ち上がる。秋吉と同様、夏目も後ろで固唾を呑んでいるのがわかる。震える指先でログインして、パッと現れたのはアイコンが整然と並んだデスクトップだ。

しばらく待ったがエラーメッセージは表示されない。偽復旧ツールも、動かないようだ。

背後から、長い長い夏目の溜息が聞こえてきた。秋吉も、天を仰いで全身の力を抜く。

「あとは今チェック外したサービスを一個一個当たっていけば、そのうちウィルスの本体が見つかりますから……夏目先輩、少し休んでてください」

まだ首の裏に夏目の吐息がわだかまっているようで、まともに夏目を振り返れないまま秋

吉は促す。よほど気が抜けたのか、うん、と子供のような従順さで頷いて、夏目が壁際のソファーに戻っていく。その姿が、正面の窓ガラスに映し出された。

窓辺から離れるとたちまち夏目の姿は闇にまぎれてガラスに映らなくなり、その目がどこを見ているのかわからないだけに、妙に背中がそわそわした。

秋吉はゆで卵の薄皮のようにぴたりと背中を覆う緊張感を剝がそうと、大きく肩甲骨を回した。チェックを外したばかりのサービスに再度チェックを入れ、再起動をかける。

パソコンが立ち上がるまでには数十秒の待ち時間がある。何もすることのないこの時間をどう消費したものか、秋吉は落ち着かない気分でキーボードの端を指先で叩いた。

なんとなく、この居心地の悪さを以前にも味わったことがある、と思った。

誰かと二人きりで、どこかに閉じ込められたような状況で、相手は自分の背後に立っていて、自分はなかなかそちらを振り返れない。

いつのことだろうとキーボードを叩き続けるが、今現在の落ち着かなさが思考力を鈍らせる。埒《らち》が明かないと匙《さじ》を投げ、秋吉は思い出せそうで思い出せないもどかしい感覚を溜息とともに吹き飛ばし目の前の作業に集中した。

一度外したサービスにチェックを入れて再起動。問題なければ次のサービスにチェックを入れて再起動。そんな単純作業を繰り返すうちに、少しは気持ちも落ち着いてきた。

「ウィルス見つけたら、駆除してもいいんですよね」

電源が落ちて暗くなった画面を見詰めて秋吉が呟くと、すぐに訝《いぶか》しそうな返答があった。

「当たり前だ。とっといてどうすんだよ」

「でもうちの教授、珍しいウィルス好きじゃないですか」

秋吉の研究室の教授は、新しいウィルスが出ると飛び上がって喜ぶ変わり種だ。学科内で学生のパソコンがウィルス感染したと聞くやどこからともなくやってきて、嬉々としてサンプルを採っていく。

「確かに、講義棟に新種のウィルスが出たっちゃあゼミ放り出して飛んでくし、実習室で悪意に満ちたウィルスが出たっちゃあ講義もそこそこに切り上げちまう人だからなぁ……」

「俺たちの授業にも一度乱入してきたことありますよ」

「ああいうとき、昆虫採集してる小学生みたいな顔でウィルス採取してくんだよな」

呆れたような夏目の声に微かな笑いがにじむ。二人の間で張り詰めていた空気がほんの少しほどけ、秋吉もわずかに口元を緩めた。昆虫採集中の小学生とはまた、言い得て妙だ。満面の笑みでキーボードを叩く教授の顔を思い出し、夏休みの小学生みたいなはしゃぎ振りですよね、と重ねて言おうとして、秋吉はスッと表情を消した。

明滅する画面の向こうで、チカッと稲妻が走ったような気がした。

窓の外で風でも吹いたのか、研究室棟の側に植えられた木々がいっせいに揺れる。ザァッと木の葉がこすれ合う音は雨音に似て、顔面に冷たい雨粒が叩きつけられる錯覚に襲われた。

とっさに手の甲を頰に当てたが、室内の窓はすべて閉まっていて、もちろん頰も乾いている。当然外は雨も降っておらず、秋吉はゆるゆると頰に触れていた手を下ろした。

「……夏目先輩、ちょっと、いいですか」

パソコンの画面に顔を向けたまま声をかけると、背後でごく短い返事があった。秋吉は再起動中の画面ではなく、暗い窓の向こうに視線を飛ばす。

「前に俺、小学生のときいじめられてたガキ大将だけは忘れられないって言ったの、覚えてますか」

ああ、とも、おお、ともつかない返答があって、秋吉は小さく喉を鳴らした。

「そいつと俺、なんでか発言とか持ってる物とかかぶることが多くて、それを周りの連中からパクリだって囃されたのがいじめの発端だったんですけど……」

秋吉の声がわずかに震える。だがそれは当時を思い出して憤ったためではなく、長いこと朧にしか思い出せなかった感情が、唐突に当時そのままの色と鮮度で立ち現れたからだ。ようやくそれに名前をつけられるのではと思ったら、興奮を抑えられなかった。

他人にとっては益体もない内容なのは百も承知していたが、色褪《いろあ》せた写真の中から生身の人間が飛び出してきたような衝撃を、誰かに語らずにはいられなかった。適当に相槌を打ってもらえれば十分だとすら思ったが、夏目は黙ってソファーに座り直す。どうやら真剣に話を聞く体勢になったらしい。

「そいつと、夏休み明けに昇降口で二人きりになったことがあったんです」

記憶を言葉に乗せればたちまち、あの日の雨の匂いまで鼻先に迫ってきた。

委員会で遅くまで学校に残っていた秋吉は傘を持っておらず、昇降口でぼんやりと雨がやむのを待っていた。校舎にはもう人気がなく、夏の雨は激しくグラウンドを叩いて地上付近が飛沫《ひまつ》でけぶる。

そうやって雨を眺めていたら、いつの間にか背後に例のガキ大将が立っていた。

その日は夏休みの自由研究の提出日で、秋吉は昆虫採集の標本を提出していた。後ろに立つガキ大将が提出したのも昆虫標本で、その上捕まえた虫がほとんど同じだったものだから、クラスの連中に「またパクリかよ！」とさんざん叩かれたのだった。

もちろん、秋吉に誰かの自由研究を真似たつもりはない。だからといって教室で嫌というほどやり込められた後で本人に抗議するほどの度胸もなく、数段しかないコンクリートの階段に腰を下ろして動けなかった。

ガキ大将も何も言わず、昇降口には雨の音だけが重く満ちる。いつもなら、ガキ大将と秋吉が近づくと、すぐさま彼を取り巻くクラスメイトたちがやってきてなんだかんだと絡んでくるのだが、今日は取り巻きたちの姿はないようだった。

いじめっ子と、いじめられっ子。互いに相手を強く意識しているのはわかるのに、互いが口を開けないまま、雨はいつまでも降り続いて二人をその場から逃がしてくれない。

一体いつまでこんな時間が続くのだろうと秋吉が膝を胸に抱え込むと、その動作が引き金になったのか、前触れもなく相手が口を開いた。

「お前の標本、よくできてたな」

驚いて、一瞬自分が話しかけられたのもわからなかった。パクリだ、真似だと罵られるばかりで誰にも評価されなかった標本が、まさか当の本人に褒められるとは。

「カブトムシ、あんなデカいのどこで見つけた？」

尋ねられて、ごくりと唾を飲み込んだ。喉の奥がぺたりとふさがり、そうしないと声が出そうもなかった。そのときまで、彼とはまともに話した記憶もなかったからだ。

「……自動販売機。夜中、貼《は》りついてた」

「ああ……そうか、明るいから……。俺は雑木林に行った」

「でも、クワガタはそっちの方が大きかった」

「全体的にお前の方が綺麗にできてた」

あのときの、息も詰まるほどの衝撃が、夜の院生室で驚くほど鮮明に蘇る。思い出話をしているだけなのに本気で声が乱れた。夏目はそれを黙って聞いてくれている。

「よく考えたら、そのガキ大将自身にいじめられた記憶は、あんまりないんです。いつも絡んでくるのはそいつの取り巻きで……」

「やっかみだったのかもな」

「どうでしょう……でも、やっぱり俺、あのガキ大将と趣味とか似てたんだと思います」

現に持ち物や、発想などがよく似ていた。周りの反応さえ違ったら、もしかすると親友になれていたかもしれない。そんなことを思ったら、十年以上も経った今、ひどく惜しい気持ちになった。と同時に、当時の衝撃の理由を思い知る。

毛嫌いされているとばかり思っていたガキ大将に褒められて、きっと自分は声を失うほどに、嬉しかったのだ。

だがあのときは、気を抜けば叫び出しそうな感情の奔流をやり過ごすべく、奥歯を噛むのが精一杯だった。カチリ、と歯を鳴らす音だけが真っ白になった頭にこだまする。そのうち雨も弱まって、それきり二度と彼と二人きりになる機会は訪れなかった。

ずっと彼のことが忘れられなかった。思い出すとモヤモヤした気分が残った。恨んでいるのかと問われれば即答できず、だが素直に好きだと言うこともできない。

本当は、あのとき自分はどう思っていたのだろう。取り巻きが自分をいじめるのを黙認しつつ標本は正当に評価してくれた彼を。もしかしたら、親友になり得たかもしれない相手を。

「……今急にわかったんですけど、俺、あのガキ大将のこと好きだったのかもしれません」

確信を得られないまま口にしてみたら、いつかのように思いがけずすとんと腑に落ちた。

多分自分は、彼と友達になりたかった。相手も同じように思っていたかもしれない。けれど彼の取り巻きはそれを許さず、彼自身も取り巻きより自分をとってくれないことに焦れ、その気持ちをなかなか認めることができなかった。

夏が苦手な理由も、案外夏目が言う通り、あの頃の記憶に関係するのかもしれない。

夏休みが終わると間もなく母親の病状が落ち着いて地元に戻ることになった。その前にもう一度彼と二人で話をしたいと思いつつも叶《かな》わず、日に日にタイムリミットが迫ってくる焦燥と緊張感は、今も夏の気配を感じるたび胸を過ぎるそれとよく似ている。

キーボードに手を乗せたまま、秋吉は長い本でも読み終えたときのような溜息をついた。

自分でも、よくこれだけ真逆の感情をはき違えていたものだと苦笑する。思い出すたびに胸の内側を引っ掻いていた感情が、怒りでも嫌悪でもなく好意の裏返しだったとは。

長く空回っていた感情が、ようやくあるべき場所に落ち着いた気分だ。わかってしまえば一瞬だった。何かがはまればガチャリと回る。まるで鍵穴に差した鍵のように。

(先輩に感じる『駄目な感じ』も、あと少しで回りそうなのに——……)

しばらく宙に視線をさまよわせてから、秋吉はゆるゆるとディスプレイに目を戻した。パソコンは、とうの昔に立ち上がっている。

随分長いことぼんやりと物思いに耽っていたような気もするが、夏目は一切口を挟んでこない。沈黙が長すぎて眠ってしまったのかもしれない。

秋吉はソファーに座る夏目の姿を確認することなく、前を向いたまま潜めた声で囁いた。

「……夏目先輩は?」

問いかけに、夏目からの返事はない。やはり眠っているのだろう。秋吉は、一層声のトーンを落とした。

「いつ、自分の性癖に気づいたんですか……?」

長く胸の底で淀んでいた幼い頃の感情がようやく理解できて、その勢いのまま夏目に対して感じる『駄目な感じ』も解明したくなった。そのために、もう少しだけ夏目のことが知りたい。今見ている現在の夏目だけでなく、過去の夏目のことも。

だからといってさすがに面と向かって尋ねられる内容ではなく、敢えて夏目が眠っているのか否か確認せずに口にした。もし起きていたとしても黙殺されるだろうと半ば覚悟していた秋吉だが、予想に反して平淡な声が室内に響いた。

「高校に入った頃だな」

我ながら踏み入った質問だと思ったのに、それに答える夏目の声にはためらいのようなものさえ感じられなかった。

一体どんな顔で答えてくれたのだろう。とっさに振り返って夏目の顔を確かめたくなったが、秋吉は直前で思いとどまる。つい先程、秋吉があまりにも個人的な過去の出来事を語ったとき、背後ではなく正面に夏目がいたら途中で言葉が止まってしまったかもしれないと今更ながらに思ったからだ。

相手の気配と声だけがある、この薄暗い部屋だからこそ語れることもあるかもしれない。

秋吉が背中を向け続けていると、案の定夏目はぽつぽつとその先のことも口にし始めた。

高校時代に見たアダルトDVDで男性の裸体に興味を抱いたところから始まって、ネットでその手の情報をさんざん漁り、同級生に披露して白い目で見られたこと。それでも諦めきれずに地元の発展場に足を向けたところまで語って、夏目は小さな笑い声を立てる。

「公園の入り口で見知らぬオッサンに無言で見詰められて……何かと思ったら公園の公衆便所に誘われてたらしいんだな。中で何するか、大体想像つくだろ？　で、初対面の相手と言葉も交わさず公衆便所に行かなきゃいけない世界なのかと思ったら恐ろしくなって、すごすご家に逃げ帰ったわけだ」

そこでいったん言葉を切り、夏目はもう一度小さく笑う。今度のそれは、やけに乾いて自嘲的な笑い方だった。砂粒がさらさらと部屋の四方へ拡散していくように笑い声は小さくなり、それをさらに遠くへ吹き飛ばすように夏目が鼻で笑う。

「あのとき、俺たちまともに相手なんて選べる立場にないんだなって思ったんだよ。だから体目当てでいいんだ。お前は手当たり次第って怒るけど、相手なんて誰でもいい」

割り切った言い草に反して、夏目の声には覇気がない。自分で言って自分で傷ついているようにすら聞こえる。そんなことを思ってしまうのは、夏目が少女マンガに夢中になっていることを知っているからだろうか。本当は少女マンガのような恋愛に憧れているのではないかと、そんな想像が頭を過ぎった。

言葉もなくトイレに連れ込まれるような始まりではなくて、じゃれ合うように額を小突いて、頭を撫でて、少し強引に迫られるような恋愛を夏目は夢見ていたのではないか。

事実夏目の言動は少女マンガの主人公のようだ。後輩の言葉に傷ついて廊下に立ち竦み、本当に好きな田島相手にはキスをすることもできない。

好きでもない秋吉が相手なら、酔った勢いでキスを迫ることもできるのに。

胃の辺りに重苦しいものが溜まってきて、秋吉は椅子を回して背後の夏目と向かい合う。夏目は相変わらずソファーで膝を抱えていて、急に秋吉が振り返ったことに驚いたのか、身を守るように胸に強く膝頭を抱き寄せた。

身構える夏目に、秋吉はそろりと尋ねてみた。

「誰でもよくても、俺はないんでしょう？」

ピクリと夏目の肩先が震えたような気もしたが、パソコンのディスプレイしか光源のない薄暗い部屋ではそれも定かでない。夏目の表情も闇に沈みがちで、目を凝らしてみても見極めるのは難しかった。

夏目が口を噤んだのは一瞬で、すぐに面倒臭そうな声で返される。

「ないね、お前は。前も言っただろ」

「体が気に入りませんか」

「そうだな、趣味じゃない」

答える間、夏目は決して耳を触らない。

膝を抱えていた手をわずかに動かしたときはドキリとしたが、夏目の細い腕はほんの数センチ移動したにとどまり、どうやら腕時計を覗き込んだだけらしい。秋吉もつられて自身の時計を見ると、すでに深夜の二時近かった。

「……小糸川と田島先輩に連絡入れておきましょうか」

「だな……」

秋吉は腕を下ろし、ジーンズのポケットから携帯を取り出す。その間も横目で窺ってみたが、やはり夏目は耳を触ることなく、つまらなそうに腕時計を眺めているだけだ。瞬間、胸を過ぎった感情から目を背けるように、秋吉は携帯のアドレスを開いた。

薄暗い部屋に携帯のディスプレイが白く浮かび上がる。深夜であることを考えるとメールにすべきかとも思ったが、小糸川の憔悴しきった顔を思い出し電話にしておいた。案の定小糸川はワンコールで電話に出て、「どうなった！」と大音量で尋ねてくる。

とりあえずパソコンは通常通り起動するようになったと伝えると、小糸川は電話口で泣き出してしまった。さんざん秋吉に礼を述べた後、ちゃっかり夏目にも謝っておいてくれと頼んできたので、それは自分でやれとにべもなく断って電話を切る。続いて田島にも電話をかけると、こちらもすぐに繋がった。やはり連絡を待っていたらしい。

「まだウィルス本体は特定できてないんですけど、一応怪しいサービスは止めて、通常通り起動するところまで持ってきました。部分的に起動できない箇所もあるようなので完全復旧とはいきませんけど」

『とりあえずロボのデータは無事なんだよね？』

「無事です」

『うわぁあ、よかったぁ！』

電話の向こうで気の抜けた声が上がる。田島がその場でしゃがみ込む姿すら目に浮かぶようだ。秋吉は複雑な心境でその声に耳を傾けた。夜が明けたら、この調子で田島は夏目と手を取り合って喜ぶのだろうか。そのシーンを想像するだけで、腹の底でくすぶっていた火がぱちりと爆《は》ぜる。

『そこまで確認してもらえば明日じゃなくて週明けに行っても十分だ。本当にありがとう。秋吉がいてくれて助かった』

「いえ、俺は別に……」

『この借りはきっちり返すから！　手始めに、夏目の秘密を教えてあげよう！』

思わず秋吉は携帯を耳に当てる手に力を込める。ちらりと横目で夏目を窺うが、夏目に田島の声は届かなかったようだ。ぼんやりとソファーに腰かけ遠くを見ている。

『あんまり焦らしたせいか、この前秋吉ちょっと怒ってたみたいだし』

「いえ、それは別に、怒ったわけでなく……」

話の内容が内容なだけに、自然と声が小さくなる。田島も夏目が側にいることをわかっているのだろう。おかしそうに笑って、自分も声を低くした。

『夏目ってさ、動揺したり嘘ついたりするとき耳触るだろ？』

「……そうみたいですね」

『あと、もうひとつサインがある』

秘密だよ、と囁いて、田島は笑いを堪えるような声で言った。

『嘘つくとき、耳を触るだけじゃなくて腕時計を見る癖があるんだ』

左耳に携帯を押しつけていた秋吉は、無自覚に左側に視線を向けてしまった。そこに田島がいるはずもないのに、薄暗い研究室に真意を問うような視線が漂う。

『今度よく見てごらん。嘘つくと、不自然に腕時計ばかり見るようになるから』

上の空で返事をした秋吉に、田島は再三礼を言って電話を切った。通話の終了を告げる機械音が流れてきても、秋吉はしばらくその体勢のまま動けない。

これまでも、会話の途中で夏目が腕時計を見ることなんてしょっちゅうあった。不自然な動作にも見えなかったが、田島の言葉は本当だろうか。

それよりも、つい今しがたも夏目は時計を見ていなかったか。

「――……夏目先輩、もうまともな恋愛するつもりないんですよね」

耳元からゆるゆると携帯を下ろし、振り返って出し抜けに秋吉は尋ねる。

前触れのない問いかけに夏目は一瞬怪訝そうな顔をしたが、すぐに秋吉から目を逸らして「ないね」と頷いた。耳も触らなければ腕時計も見ずに。

「恋愛というか、体目当てなんですよね」

「そうだな」

「どういうのが好みなんですか」

「……なんだよ急に」

ソファーの上で夏目が居心地悪そうに肩を窄める。それでも黙って返答を待っていると、沈黙に負けたのか夏目は渋々口を開いた。

「まあ、ガタイがいい奴……？」

耳は触らない。時計も見ない。

秋吉は夏目から一瞬も目を逸らさず、重ねて尋ねた。

「本当に、俺じゃ駄目ですか」

「無理、趣味じゃない」

秋吉の言葉が終わるのを待たず、かぶせ気味に夏目が言う。だがその瞬間、夏目の視線が自身の腕時計に跳ねたのを秋吉は見逃さなかった。

ガタッと音を立てて秋吉は椅子から立ち上がる。反射的にこちらを向いた夏目に、秋吉はもう一度尋ねた。

「本当に、本気で言ってるんですよね、それ」

「………なんだよ、当たり前だろ」

言いながら夏目がまたしても腕時計に視線を落とす。そのとき初めて、秋吉は夏目の腕時計の文字盤が真っ暗なことに気がついた。

夏目の座る位置までは、パソコンの光は届かない。その上夏目の時計はデジタル時計だ。本当に時間を知りたければ文字盤を発光させるのではないか。

けれど夏目は、時刻なんてまるで見えないだろう真っ黒な腕時計を見詰め続けている。まるで相手の視線を避けるように、頑なに。

「先輩本当は——……俺のこと好きなんじゃ？」

自分でも、信じられぬまま口にした。

夏目はそれに即答しない。だが、少ししてその唇に冷笑としかいえない笑みが浮かんだ。コピー室で「それはない」と言い放ったときと同じ顔だ。それを見た途端、自分でも馬鹿なことを言ったとたちまち後悔して、心がぽきりと折れそうになる。

次の瞬間、夏目の手が動いた。

「何言ってんだ、あるわけないだろ、そんなこと」

夏目の指先がシャツの胸元を掠め、肩に至り、首筋を撫で、堪えきれなくなったように耳元に触れる。髪を後ろで縛っているせいで、中指と人差し指でギュッと耳朶を挟む様もはっきりと見え、その刹那《せつな》、秋吉の中で何かがガチャンと音を立てて回った。

ずっと探していた鍵穴にようやく鍵がはまり、ぐるりと回転させたときのように、重い扉がゆっくりと開く。その向こうに広がっているのは、これまで自分が考えたこともない、何もかもが反転した世界だ。

心臓と一緒に感情が裏返る。嫌いだと思っていたガキ大将を本当は好きだったのだとわかったときと同じ衝撃が全身を襲い、秋吉は無闇に足を動かして夏目に突進した。

途中、膝の辺りでキャスターつきの椅子を蹴ってしまい、派手な音を立てて机に椅子がぶつかった。その音に驚いたのか、夏目が思わずといったふうにソファーから腰を浮かせかける。

立ち上がった夏目がどこかへ逃げていってしまいそうで、秋吉は大股で夏目に近づくと片膝をソファーに乗せ、勢いをつけて夏目の背後の壁に片手をついた。

ソファーが鈍く軋んで壁が震える。互いの体が数十センチの距離まで近づいて、瞠目《どうもく》した夏目は身じろぎもしない。その顔を真正面から見据え、秋吉は低い声で言い放った。

「嘘ですね」

言いきってやると、目に見えて夏目の顔が強張った。視線を泳がせ、秋吉が壁に手をついていない方に逃げようとする夏目を、秋吉はもう一方の手も壁に叩きつけて囲い込む。

頭の片隅で、なるほどこれが壁ドンか、と思った。

紙面で読んだときは余裕綽々《しゃくしゃく》で男が女を追いつめる脅迫まがいの行為だと思ったが、実際やってみて男の方も必死なのだと身に染みてわかった。

相手の気持ちに薄々勘づきながらも、逃げそうになる体を抱きしめて拘束するほどの度胸はない。それでも逃がしたくなくて必死になったとき、相手の体に触れずに行動を制限しようと思ったらこうするしか他に術がない。

両腕で囲って壁際に追い詰めた夏目は、現状が理解できないのか両目を見開いて動かない。どれだけ睡眠不足が続いているのか、目の下のクマが濃くなっている。元から細かった顎はさらに尖って、また少し痩せたようだ。首が細い。初めて見たとき、俯いたその首元を見てぽきりと折れるユリを連想した。シャツの襟元から覗く鎖骨も茎の細さを思わせる。

一瞬落ちた視線を再び上げ、夏目の瞳を覗き込む。普段は仏頂面で愛想もよくないのに、今は子供のように心許ない顔で目を見開く夏目を見たら、自然と言葉が口を衝いて出た。

「アンタ見てると、駄目な感じがするんですよ」

無防備に秋吉の言葉に耳を傾けていた夏目の瞳に、傷ついたような色がにじんだ。と思ったら、その表情がサッと怒りのそれにすり替わる。

「だから、駄目ってなんだよ！　俺の何が——……」

「違います、そうじゃなくて」

秋吉は両手を壁についたまま、緩く背を曲げて夏目の首筋に顔を近づけた。

自分の体と壁の間で、夏目が全身を硬直させるのがわかる。目の前の肌も張り詰めて、秋吉は夏目の薄い肩に額を押しつけると、くぐもった声で呟いた。

「そうじゃなくて、俺が、駄目な感じがする……駄目になる感じがするんです」

またしても、言葉が自分の心の深いところに沈んでいく。胃の腑の底まで落ちていき、何かがはまって、何かが回って、『駄目な感じ』の意味を腹の底から理解した。

(この人を見てると、どんどん俺は駄目になる——……)

駄目だ、と思いながら、どうしようもなく夏目に惹かれた。

折れそうに華奢な体や、ぶっきらぼうに優しいところ。研究馬鹿で子供みたいにマニアックな話をするところも、そういう話に大人しく耳を傾けてやると、嘘みたいに嬉しそうに笑うところも。

惹かれていたのに自覚できなかった。夏目は男だという事実と、自分が男など好きになるわけがないという大前提が邪魔をして、なかなか結論を出すことができなかった。

それとも自分は最初からわかっていて、いつものように結論を先回りして気づかないふりをしたのだろうか。

単位を落とすまいと早目に試験勉強を始めるように、卒業後路頭に迷わぬよう誰より早く就職活動を始めたように、同性に恋心を抱くなんて叶うわけもない不毛な事態に陥らぬように、胸にわだかまる感情を敢えて理解できないもののように扱ってきたのかもしれない。

けれど、ようやくわかった。

夏目の細い体や、項を隠す黒い髪、恐ろしく白い肌を見て駄目な感じだと思い続けてきたのは、同性である夏目に対して本来抱くべきでない感情を抱きそうになったからだ。

『駄目な感じ』の正体を知り、秋吉は首をもたげて斜め下から夏目を見上げた。

「――……アンタ、エロいんですよ」

闇の中で、夏目がギョッと目を見開いた。引き攣《つ》るように唇が震えたが、混乱が激しいのか言葉が出ないようだ。反対に、秋吉はどんどん自分の感情が澄んでいくのを自覚する。

夏目に対して思う『駄目な感じ』は、同性に性的な興奮を覚えることを危惧した理性の、最後の危険信号だったのだろう。だが、認めてしまえばいっそ清々《すがすが》しいくらいだ。

夏目のこの細い体に、自分は随分前から欲情していたらしい。

フッと夏目の首筋で溜息をつくと、ビクッと夏目の体が跳ね上がった。それで何かの呪縛《じゆばく》が解けたかのように、夏目が足をばたつかせ始める。

「な……何言ってんだお前⁉　大体これ、どういう体勢だよ！」

「壁ドンです」

「だから！　なんの冗談だ！」

夏目が暴れて秋吉の胸を押しのけようとする。それを阻むべく、秋吉はますます壁と自身の距離を縮めて夏目の動きを封じ込めた。夏目の顔が近づいて、唇の先に吐息すら感じるが、背後のパソコンの光を自分の背が遮っているため、夏目の表情がよく見えない。

「……冗談ではなく、本気で口説いているつもりなんですが」

低く囁くと、たちまち夏目の息遣いが途切れた。だがそれはほんの一瞬のことで、すぐに、はっ、と空気の塊を押し出すような音がした。

慌てて呼吸を再開したようにも、鼻で笑ったようにも聞こえたそれに、秋吉もしばし黙り込む。もしも後者なら、自分の真意を夏目に伝えるのには相当時間がかかりそうだ。

束の間考え込んでから、秋吉はこんな提案をしてみる。

「先輩、この前の実験の続きしてみませんか」

「実験……て、なんの……」

「好きでもない相手でも、つき合ってみたら本当に好きになるかどうか」

またしても沈黙が訪れたが、今度のそれは短かった。

夏目がものも言わずに秋吉の胸を掌で強く押す。だが夏目の細腕で押し返されるほど秋吉もひ弱でなく、互いの距離に変化はない。それでもなお秋吉の胸を押し続けていた夏目は、梃子《てこ》でも動かないことを知ると苛立った仕草で秋吉の胸を殴った。

「やるだけ無駄だ！」

「やってみなければわからないでしょう」

「わかる、絶対好きにならない！」

緩く握った拳で、夏目がもう一度秋吉の胸を叩く。大した力ではなかったはずなのに、心臓に鈍い衝撃が走って次の言葉が遅れた。

絶対、という言葉がやけに深々と胸に食い込む。物理的な攻撃を受けたわけでもないのに鈍痛は去らず胸元に視線を落とすと、ぽつりと夏目が言い足した。

「……なるわけないだろ。お前が俺のこと好きになるなんて」

秋吉は一度瞬きをして、ああ、と妙に間の抜けた声を上げてしまった。前回と少し実験の趣旨が変わっていることを説明するのを忘れていた。胸に刺さったものがポロリと抜ける。

「逆です。夏目先輩が俺のこと好きになってくれるか、実験しましょう」

「……は？」

「夏目先輩、田島先輩のことが好きなんでしょう？」

数秒の間があって、俯いていた夏目がゆるゆると顔を上げた。その顔には、怒りも焦りもない、ただぽかんとした表情だけが浮かんでいる。

「……なんで田島？」

「キスしようとしてたじゃないですか、ここで」

「いや、それは別に……」

夏目の視線がサッと逸れて、自身の腕時計に注がれる。

この仕草が曲者だ。夏目の嘘を辿《たど》っていくと、本当に好きな相手が自分なのか田島なのかわからなくなる。案外両方なのかもしれない。

それならそれで、ますます実験は必要だ。躊躇する夏目の背中を押すつもりで、秋吉は夏目が勘違いしている実験の前提条件を訂正した。

「俺のことは実験する必要なんてないんですよ。もう夏目先輩のこと好きになってるんですから」

自身の手首に落ちていた夏目の視線が跳ね上がる。床に力一杯叩きつけたピンポン玉さながらの俊敏さがおかしくて、秋吉は口元に微かな笑みを浮かべた。

「……何？」

「だから、俺はもう夏目先輩のことが好きだって言ったんです」

唇から落ちた自分の声が、自身の耳を伝って脳に響く。それでまた、秋吉は深く納得する。そうだ前から好きだったのだと、噛みしめるように今更思う。

男同士だ、という箍《たが》は、駄目な感じの本当の理由を理解した時点でもう外れた。どうやら自分はこんなふうに、ひとつひとつ順を追ってしか自分の心を理解できないらしい。

一方の夏目は、秋吉の顔を真正面から見据えて一向に動かない。

自分の言葉は上手く夏目に伝わらなかったのだろうか。もっと少女マンガに出てくるような熱烈な告白をすべきだったのかもしれない。さりとてすぐにはそれらしい文言が思い浮かばず口を閉ざしていると、突然夏目がひしゃげた声を上げた。

「嘘だろ、それ」

告白の言葉を考え、半分上の空で「いえ？」と否定したら、いきなり夏目が声を荒らげた。

「アパートでキスしようとしたら、そういうの無理だって言ったのお前だろうが！」

音量を上げた夏目の声には、震えと涙が混じっていた。驚いてその顔を覗き込むと、夏目がパッと目を逸らす。

この期に及んで初めて知った。あのときの自分の反応に、夏目は少なからず傷ついていたらしい。とはいえあのときはまだ自分も夏目に対する想いを自覚していなかったし、何より脱衣所で見たものの印象が強すぎた。

「バイブ見た直後だったんですよ？　誰彼構わずああやって襲ってるのかと思ったんです」

「しねぇよ、そんなこと……！」

「今なら俺も、そう思いますよ」

今ならわかる。夏目は意外なほど恋愛に夢を見ていて、繊細で、一途《いちず》だ。

迷いもなく言いきった秋吉を見上げ、夏目はしゃくり上げるような息をする。本当に泣いているのかもしれないが、この暗がりではそれすらもはっきりと見えない。

「実験、つき合ってもらえませんか」

もう一度尋ねてみるが、夏目は顎を引いて首を横に振ってしまった。

「お前が俺のこと、好きになるわけないだろ……」

「何度も言ってるじゃないですか、俺はもう先輩のことが好きです」

わずかに体をずらすと、後ろからパソコンの光が射し込んで夏目の髪の先を照らした。じりじりと、夏目の耳元が青白い光の中に浮かび上がる。そうしながら、秋吉は目まぐるしく夏目が気に入りそうな告白の言葉を探した。今になって野々原から借りた本を真剣に読んでいなかった自分を痛罵する。

唯一思いついたセリフは、ちょうどマンガの中の登場人物がこうして相手を壁際に追い詰めているシーンのものだ。

「俺のこと好きだって言えよ」というそれは脅迫のようだった。それが好きな相手に言うセリフなのかと疑いもした。けれど実際同じ状況に置かれ、秋吉は己の考えを改める。

壁際に夏目を追い込んだまま、秋吉は祈るような想いで囁く。

「俺のこと、好きだって言ってください――……」

半月前の自分は夢にも思わなかっただろう。少女マンガの登場人物と同じセリフを、こんなにも切実に呟く日が来るとは。

秋吉が一世一代の告白をしてみても、夏目は何も言わない。だが、秋吉が体をずらしたおかげでやっとその表情が露わになる。

パソコンの弱い光に照らされた夏目は唇を噛みしめ、大きく両目を見開いて、怒ったような顔で泣いていた。次いでその唇から転がり出たのも、不機嫌そうな低い声だ。

「……好きだ」

壁際に追い詰められたまま、ジーンズの膝辺りを両手できつく握りしめて夏目が言う。もう一度、と唇の先で秋吉が囁くと、やけくそ気味に夏目が叫んだ。

「俺だってお前のこと好きだよ！　悪いか！」

その瞬間、夏目は自分の耳を触らなかったし、秋吉から少しも目を逸らさなかった。当然腕時計には目もくれず、だから秋吉は歓喜の表情を隠せない。

「それは、嘘じゃないですね」

夏目の潤んだ目が見開かれたのを最後に、視界が闇に沈み込む。最早少女マンガらしい演出など考えている余裕もなく、秋吉は夏目の唇に自身の唇を押し当てた。

◆◇◆

強い酒でも飲んだときのように、頬が熱い。

足元もふわふわとして、なんだか地面の底が抜けてしまいそうだ。このまま真っ逆さまに落ちて、気がついたら自宅のベッドの上、なんて夢オチに直結するのではないか。目の前の現実を受け入れるより、その可能性を疑う方がよほど現実味がある。

そもそも今日は、嘘みたいなことが起こりすぎている。

院生室で仮眠をとっている隙に小糸川が室内へ忍び込み、人のパソコンで海外のエロサイトを閲覧する、ということからもう冗談のようだし、よりにもよってそこで面倒なウィルスに感染し、挙げ句自分が眠っている隙にさんざんパソコンを弄くり倒し、目が覚めたときにはパソコンが動作不能に陥っているなんて。

とんでもない悪夢だと思った。夢だということにして、目覚めるのを待とうとぼんやりしていたら秋吉がやってきて、頼もしいことにてきぱきと的確な対処をしてくれた。まったく想定していなかったことに短時間でウィルス本体と思しきサービスを削除して、研究室を出る前には二足歩行ロボが通常通り動くことも確認できた。

これもまた、夢のように都合のいい話だ。だから今目の前で起きているさらに都合のいい展開も、きっとすべて夢なのだろう。

（……いつ醒《さ》めるんだろう）

大学を出て、人通りの絶えた夜道を歩きながら夏目は思う。半歩先には秋吉がいて、夏目の歩調に合わせてゆっくりと歩いている。すでに深夜の三時を過ぎ、車もまったく通らない。秋吉が片手に持ったコンビニ袋だけが、時折風に揺られてカサリと音を立てる。

袋の中身はカップラーメンがひとつだけだ。コンビニに行っても目的のものしか買わない辺りが、秋吉らしい。

夢のわりには妙なところまで演出が細かい。秋吉のことは諦めようとあんなにも固く誓ったはずなのに、随分と報われない夢を見ているものだ。

肩からずり落ちてくる肩かけ鞄を背負い直しながらそんなことを思っていたら、秋吉が歩調を緩めて振り向いた。つるりとした頬の上を外灯の光が滑り落ち、ああやっぱりいい男だな、と思っていたら片手を差し出される。

「手、繋ぎますか」

「………えっ」

現実の秋吉では考えられないようなことを言うものだから、一瞬その場で立ち止まってしまいそうになった。よろけるように次の一歩を踏み出して、夏目は押し殺した声を上げる。

「ここ、外だぞ……」

「真夜中ですから、誰も通りませんよ」

「学校も近いのに、顔見知りに遭遇したらどうすんだよ」

「夏目先輩が酔っぱらってることにします」

しゃあしゃあと言ってのけ、秋吉は差し出した手を一向に下ろそうとしない。その大きな掌を見ていたら誘惑に抗えなくなって、夏目も恐る恐る手を伸ばした。

夏目の手を取った秋吉は、ためらわず互いの掌を合わせ、指先を絡ませるようにして手を繋ぐ。俗にいう「恋人繋ぎ」にドキリとして秋吉の顔を仰ぎ見ると、秋吉は愛し気に目を細めて自分を見ていて、二重に驚きあたふたと顔を伏せてしまった。

「な……なんなんだよ、急に……」

秋吉と指を絡ませたまま歩く夜道は、大学に入学してから五年以上も通ってきたとは思えないくらい様変わりして見える。迷子になりそうだ。いやもうとっくに迷子なのかもしれない。行く先も帰る道も、これが夢か現実なのかさえ、区別がつかない。

「一応、夏目先輩が好きそうなシチュエーションはいろいろやっておこうと思いまして」

夢の世界の住人らしく、秋吉が意味のわからないことを言う。怪訝な表情で顔を上げると、いつの間にか歩調を緩めて隣を歩いていた秋吉がいきなり額にキスしてきた。

「うわ……っ、な……っ」

「こういうのも、よく少女マンガで見かけませんか」

「み……っ」

見た。ちょうど田島から借りた本で読んだ。否定の言葉が途中で途切れ、前を行く秋吉が楽しそうに笑う。いつもは情緒をどこかに置き忘れたように無表情であることが多い秋吉なのに、今日はやけに笑顔が多い。珍しく浮かれているようだ。

そんなふうに笑う秋吉を見て、本当に何もかも夢のようだと思った。秋吉にキスをされたことも、好きだと言われたことも、こうして手を繋いで歩いていることも。

恐る恐る秋吉の手を握り返してみると、半歩前を歩く秋吉が肩越しに振り返り、わずかに目元を緩めた。夏目の手を握る指先にも力がこもり、心臓がキュウッとしめつけられる。

夢が現実になったのだと、自覚するにはアパートまでの道のりは短すぎる。十分ほど歩いてアパートに到着したときも、足元はまだふわふわしたままだった。

アパートは二階建てで、外階段を上ってすぐの部屋が夏目の自宅だ。秋吉は階段の下で立ち止まると、それまで繋いでいた手をゆっくりと離した。

互いの手が離れたことにわずかな淋しさを感じ、そんな乙女思考が秋吉にばれぬよう、無闇に指先を握りしめたときだった。

無言で夏目の傍らに立った秋吉がその場で身を屈める。何をするのかと思ったら、中腰になった秋吉が夏目の膝の裏と背中に腕を回して、軽いかけ声とともに膝の裏を押してきた。ただでさえ雲の上を歩くようで膝の力が抜けていたせいか、自分でも思いがけず簡単に足を払われ、ぐんと体が宙に浮く。

自分が横抱きに抱えられていることに気づいたのは、秋吉が外階段に足をかけた瞬間だ。

「お……おま…っ…⁉」

「さすがにここで大声出すと、近所の人に迷惑かかりますよ」

涼しい顔で正論を口にされ、夏目はグッと声を呑む。そんな夏目を見下ろして、秋吉はわずかに眉を上げてみせた。

「こういうのにも憧れてたんじゃありませんでしたっけ。お姫様抱っこ」

「誰がそんな……」

「医務室に運んでいったとき、肩に担いだら不満そうにしてたじゃないですか」

「それは――……っ……」

「ほら、着きましたよ。鍵貸してください」

さっさと階段を上りきった秋吉に促され、夏目は鞄に手を突っ込むと秋吉の手に乱暴に鍵を押しつけた。下手に反論しなかったのは、確かに秋吉に担がれたとき、お姫様抱っこがちらりと頭を過ぎったからだ。別に憧れていたつもりもなかったが、こうして抱き上げてもらうと意外に心地よかったせいもある。

玄関の戸を開けると、一日中締めきっていた部屋からムッと熱気が噴き出してきた。最近まともに部屋に戻っていなかったので、どこかで何か腐っていたら嫌だな、とこの期に及んでハラハラする。

秋吉は部屋の熱気もさほど気に留めぬ様子で玄関の明かりをつけ、しっかり部屋の施錠を済ませてから夏目の足を見下ろした。

「……先輩が靴脱ぐとき、一度下ろさないと駄目ですかね」

「え、あ、そうだな」

「できれば下ろしたくないんですが、自力でどうにか脱げますか？」

少女の夢のお姫様抱っこも、実際やってみると不便なこともあるようだ。仕方なく、爪先でスニーカーの踵を押し下げ靴を脱ぐ。バタンと音を立てて靴が落ち、ロマンが薄れた代わりに現実感がじわじわと込み上げてきた。

(そういえばこいつ、なんで部屋までついてきたんだろ)

研究室でキスをした後、秋吉はごく当たり前の声で「帰りましょうか」と言った。

最低限のバックアップだけとって研究室を出ると説明もなしで夏目の斜め前を歩き、二人揃ってここまでやってきたわけだが、こんな深夜に、なんの用で。

遅ればせながら心拍数が上昇する。

夏目が靴を脱ぎ落とすのを待って部屋に上がった秋吉は、キッチンを抜け、居間兼寝室に足を踏み入れて、部屋の明かりもつけずに夏目をベッドに横たえる。

闇の中で、秋吉が持っていたコンビニ袋が床に置かれる音がした。夏目が肩から下げていた鞄も奪われ、床に落とされると同時に秋吉がベッドに乗り上がってきた。

まさかと思っていたことがいきなり現実として目の前に突きつけられ、夏目は覆いかぶさってきた秋吉の胸を大慌てで力一杯叩いた。

「まま、待てお前!　ま、マジか!」

「何がでしょう」

ベッドに片膝をついた秋吉が、上から夏目の顔を覗き込む。玄関の明かりが室内に射し込んで、闇の中に秋吉の顔が浮かび上がった。真剣なその顔を見て、夏目の心臓が竦み上がる。

ほんの先刻まで、秋吉が自分のことなど好きになるわけがないと思い込んでいただけに、急展開についていけない。

動揺が顔に出てしまったのか、秋吉がそろりと夏目の頬を撫でた。

「告白してすぐ押し倒すのは、先輩の理想とは違いますか」

「り——理想、って」

「三ヶ月くらい待ちましょうか？　それとも半年ですか」

「何をそんな、女子高生みたいな——……」

うわ言のように呟きながら、夏目は目まぐるしく頭を回転させる。もしや自分は、少女マンガのような恋愛に憧れているとでも思われているのだろうか。だから秋吉はここに来るまでに手を繋いだり、額にキスをしたり、横抱きに抱き上げてくれたりしたのか。

わかったら、じわりと頬に熱がこもった。そんなことを望んだつもりもなかったが、きっちり喜んでいた自分が気恥ずかしいような、妙な気を遣う秋吉がくすぐったいような。

言い淀んでいると、唇に秋吉の親指が触れた。

「できればお預けの時間は、短い方がありがたいんですが」

指の腹で唇をゆっくりとなぞられ、性感を引き出すようなその動きにぞくりと背筋が震えた。こちらを見下ろしてくる秋吉の目にも、欲望の火種がくすぶっているのがわかる。

夏目はそれを、信じられない思いで見上げた。

「お前、マジで……俺としたいの……？」

「今更それを訊くんですか」

秋吉の声が少し低くなる。ギッとベッドが軋んで、夏目の顔の横に手をついた秋吉がゆっくりと顔を近づけてきた。不用意な発言に対するペナルティと言わんばかりだ。

「さっきも言ったと思うんですが……先輩、エロいんですよ」

夏目の頰がカッと熱くなる。研究に忙しくバイトをする余裕もないせいで、年中食い詰め瘦せた自分の一体どこが。そう問い質す隙も夏目に与えず、秋吉が唇の先で囁いた。

「もうずっと前から、先輩そういう目で俺に見られてたんですよ……？」

唇に吐息がかかり、喉元まで出ていた言葉が一瞬でどこかに消え去った。

秋吉の唇が夏目のそれにそっと触れる。息を吞んだだけで身じろぎもできないでいるとゆっくりと唇は離れ、またすぐに唇が触れ合った。心臓が震え上がり、夏目は押し殺した息を吐く。その吐息ごと吞み込むようにもう一度秋吉の唇が触れて、夏目はふらふらと片手を上げた。

全身に詰まった血も肉もすべて軽い空気にすり替わり、体がどこかへ浮き上がってしまいそうだった。なんとかこの場に自身を繫ぎ留めようと秋吉の硬い腕に指先ですがりつくと、ちらりと唇を舐められる。

真っ当な恋愛感情を放棄して、これまで誰ともつき合ったことのなかった夏目は、こんなときどんな反応を示せばいいのかわからない。啄《ついば》むようなキスをされ、ときどき唇の端を舐められて、勝手もわからず恐る恐る舌先を差し出すと、唇の隙間から覗いた舌ごとザラリと秋吉に舐め上げられた。

小さく肩を跳ね上げると、秋吉が何かに気づいたような表情でわずかに顔を上げた。

「先輩……なんでそんな、初めてみたいな……？」

ぎくしゃくとした夏目の反応に違和感でも覚えたか。どこか不思議そうな秋吉の声を耳にした途端、それまでふわふわと定まらなかった夏目の視線が秋吉の鼻先で焦点を結んだ。

言葉の意味を理解するなり、夏目は掌を秋吉の顔に押しつけ力任せに押しのける。

「うわ、なんです急に……」

「うるせぇ！　シャワーぐらい浴びさせろ！」

秋吉の体を脇にのけてベッドを降りると、汗ばんだ肌にシャツがべっとりとまとわりついた。まともに空気も入れ替えていない部屋はやはり蒸し暑く、夏目は部屋の明かりをつけると、ローテーブルの上に置かれていたリモコンで滅多につけないエアコンをつけた。

それら一連の動作をベッドに腰かけたまま見守っていた秋吉をその場に残し、夏目は大股でキッチンを横切り脱衣所に飛び込む。

ひとりになって脱衣所の扉に背中から寄りかかると、夏目は喘ぐように天井を仰いだ。

洗面台の引き出しには、使いさしのローションとバイブが入っている。家に誰かが訪ねてくることなど滅多にないので、バスルームで使った後などは洗面台に置きっぱなしにしていることもあるそれを、以前秋吉は目撃しているのだ。

ということは。

（……あいつ、俺のこと経験者だと思ってんじゃねぇか？）

扉に押しつけていた背中がずるずると落ちて、夏目はその場にしゃがみ込んだ。

違う、と言ったら秋吉は信じるだろうか。いや、あの反応は完全に夏目を経験者だと思い込んでいる。そもそも二人揃って初心者なんてわかったら秋吉の方が怖気づいてしまうかもしれない。こちらの方が年上でもあることだし、ここは自分がリードしなければ。

追い詰められた表情で結論を出した夏目は、ごく短い時間で決死の覚悟を決め、洗面台の引き出しからローションを出しバスルームに入った。ざっとシャワーを浴び、自身で最低限の準備だけして脱衣所に戻る。

バスルームから出た後も、全裸で部屋に戻るか、それともまたすぐに脱ぐのを承知で服を着ていくか、些細なことに本気で悩んだ末、夏目は腰にバスタオルだけ巻き、乾いたタオルとローションを手に部屋に戻った。

部屋に戻ったら秋吉は、一体どんな顔で自分を迎えるだろう。自分がシャワーを浴びている間に怖気づいてしまってはいないか、それどころか部屋から逃げ出しているのではないか。次々と胸に浮かんでくる不安を押し殺し、夏目はキッチンを抜けて奥の部屋に入る。

だが、部屋に入った途端目に飛び込んできた光景は、夏目の想像から大きくかけ離れたものだった。

部屋にひとり取り残された秋吉は何をしているかと思えば、ラグを敷いた床に直接腰を下ろし、ベッドに背中をつけてローテーブルに積まれていたマンガを読んでいた。

(——……友達の家か)

想像より断然くつろいだ秋吉の様子に、夏目はなんだかその場に崩れ落ちそうになる。こちらはシャワーを浴びる間も心臓が暴れっぱなしで、部屋に戻るのが怖かったくらいだというのに。

田島から借りた少女マンガをぱらぱらと流し読みしていた秋吉は、夏目に気づいてのっそりと本から顔を上げる。普段通りの顔で本なんて読んでいる秋吉を見たら緊張していた自分が馬鹿らしくなって、夏目は秋吉に向かって雑にローションを放り投げた。

「これ使え。あと、これ」

脱衣所の引き出しから持ってきたコンドームを箱ごと投げてやると、秋吉は膝の上に落ちたそれを手に取ってしげしげと眺めた。

箱は封が開いている。秋吉はますます夏目が経験者と確信したに違いない。

(バイブにつけて使うなんて知るわけもねぇだろうからな……)

何か言いたそうな秋吉の視線を無視して、夏目はさっさとベッドに乾いたバスタオルを敷いた。こうしておけばベッドがローションで汚れる心配もない。何もかも、ひとり遊びの中で身についた知識だ。

「電気消すぞ」

「俺まだシャワー浴びてませんけど……」

天井からぶら下がる電気の紐を摑んだ夏目は、床に座る秋吉を一瞥して手の中の紐を引っ張った。

「そのままでいい」

「大学に戻るとき走ったから、汗かいてますよ」

「構わねぇよ」

かちりと小さな音がして、豆電球の暗い橙色《だいだいいろ》に室内が満たされた。もう一度紐を引こうとしたら、立ち上がった秋吉に手首を摑まれ止められる。

「さすがに何も見えなくなるので、そのままで」

まだ暗がりに目が慣れないまま聞く秋吉の声は、いつもより低く熱を帯びて、電気を消していてよかった、と夏目は思う。きっと明るい光の下では、硬直した自分の体も、赤らんでいく頬も、何ひとつ隠せなかっただろう。

手首を摑んでいた秋吉の手が、ゆっくりと移動してまだ紐を握り続ける夏目の手を握り込む。暗がりの中で秋吉の体が近づいて、もう一方の手がそっと夏目を抱き寄せた。秋吉の動きはゆったりとして、夏目もぎこちない動きながらそろそろと秋吉の広い胸に凭れかかる。

秋吉の肩口に顔を押しつけると、まだ濡れた後ろ髪をそっと撫でられた。静かに抱きしめられ、夏目は緩やかな息を吐く。

自分より一回り体の大きな秋吉にすっぽりと抱きしめられると、体の芯から緊張がほどけていくようで心地がよかった。心臓はトクトクといつもより速いリズムを刻み続けていたが、息が詰まるというほどでもない。

しばらくそうして抱きしめられていたら、秋吉がわずかに体を動かした。互いの体の間に隙間ができるのを感じ、いよいよベッドに押し倒されるのかと思ったら、秋吉は夏目の腰を抱いたままそっと髪に口づけてくる。

髪から額、こめかみ、頰とキスをして、反対の頰にも唇を寄せてきた秋吉に夏目は肩を竦める。なんだかくすぐったい。

「な、なんだよ……?」

「今読んだ本に、こういうシーンがあったので」

「また少女マンガの真似か」

さすがに呆れて苦笑が漏れた。秋吉は夏目の目元に軽いキスをして、それからゆっくりと耳元に唇を滑らせる。

「だって先輩、こういうのが好きで少女マンガばかり読んでたんじゃないんですか？」

「好きっていうか……」

夏目にとって少女マンガは、遠いおとぎ話のような代物だった。なんだかんだといいながら本の中の少女たちは好きな男に大事にされていて、そういうシーンを目にするたびに、自分にはあり得ないことだと乾いた気分で思っていた気がする。それでも次々新しい本に手を出したのは、多少の憧れもあったのだろうか。

口ごもった夏目の耳に、秋吉が軽く歯を立てる。驚いて背筋を反らしたら、前より強く腰を抱き寄せられた。夏目の返答など端から期待していなかったのか、背中を弓形にした夏目を抱きしめて秋吉が言う。

「だから、ちゃんと段階を追った方がいいかと思いまして」

「なんだそれ。女相手じゃないんだから、そんな」

自嘲気味に笑い飛ばそうとしたら、もう一方の腕も背中に回されて、両腕で強く抱きしめられる。予想外の強さに胸が押し潰されて言葉を切ったら、耳元で秋吉が囁いた。

「公園で、怖い思いをしたようなので……」

とっさには、なんの話をしているのかわからなかった。数回瞬きをしてからやっと、夏目が初めて発展場に足を踏み入れたときのことを言っているのだと理解する。

今度こそ、夏目は秋吉の肩口で小さく笑った。

あのときの経験を夏目が引きずっているのではないかと気遣ってくれる秋吉を随分優しいと思い、それでこんなに少女マンガの手法を踏襲してくれるのかと思ったらおかしくて、やっぱりこいつが凄く好きだと、心の底からそう思った。

笑いと一緒に溢れた涙を秋吉のシャツの肩口でこっそり拭い、夏目は秋吉の背中を数度叩く。

「何変な気ぃ遣ってんだよ。ほら、ベッド行くぞ」

慣れた調子を装って促すと、夏目を抱きしめていた秋吉の腕がやっと緩んだ。

ここは経験者として――本当は夏目も未経験なのだが――自分がリードしなくては。そんな使命感も蘇り、夏目は秋吉の手を引き先んじてベッドに上がる。さっさと横たわり仰向けになると、すぐに秋吉が上からのしかかってきた。大分暗闇に目が慣れてきて、いつもより硬い秋吉の表情が見える。さすがに秋吉も緊張しているらしい。

夏目は指先の震えを隠して手を伸ばし、秋吉の頬を包むとそっとそれを引き寄せた。

唇に、優しく秋吉の唇が触れる。軽く触れるだけのキスでも息が止まりそうだったが、夏目は自ら秋吉の首に腕を回して引き寄せた。薄く唇も開いてやると、すぐに秋吉の舌が割って入ってくる。

「ん……」

口内に侵入した舌先が、ゆるりと夏目の舌に絡みつく。

極度に緊張していたせいで、初めてのディープキスは気持ちがいいのかどうか判断がつかなかったが、秋吉が嫌がりもせず舌を絡ませてくれただけで胸が一杯になった。

夏目の舌をじっくりと吸い上げた秋吉が、ちゅ、と濡れた音を立てて唇を離す。舌先を唇の隙間からわずかに覗かせた状態で夏目がうっすら目を開けると、暗がりの中でこちらを見下ろす秋吉と目が合った。

「……エロい」

キスひとつで陶酔状態に陥っていた夏目は、ぼそりと呟かれた言葉で我に返り、慌てて濡れた口元を手の甲で隠した。

「お、お前な、エロいエロいって言うけど、俺のどこが……！」

「どこって……どこでしょうね。細いから……？」

秋吉は自分でも判断がつきかねているように自問して、指先でゆっくりと夏目の首筋をなぞる。普段から露出している場所なのに他人に触れられることなど滅多にないそこは思いがけず敏感で、夏目は小さく息を呑んだ。

「あとは、色が白いとか」

「馬鹿…っ…くすぐったいって……」

「危うい感じがするんですよ。上手く言えないんですけど……要約すると、エロいと」

鎖骨に指を這わされて夏目は体をよじる。秋吉の指先は不思議と熱くて、肌を辿る感触がやけに鮮明だ。くすぐったいようなじれったいような妙な感覚にじっとしていられない。

最後にはくすぐったさが勝り、ふふ、と息を殺して笑ったら、いきなり左右の鎖骨の間に口づけられた。その上そこを強く吸い上げられ、肌の上でちりっと火花が散る。

「あ……っ」

不意打ちに声が出た。やけに高く掠れた声が気恥ずかしくてとっさに唇を噛めば、それに気づいたのか夏目の喉元に顔を埋めていた秋吉がわずかに顔を上げる。一瞬目を眇めたのは、笑ったのだろうか。わからないうちに秋吉の唇が移動し、胸の突起に触れてきた。

「わ…っ…や、ちょ…っ…！」

驚いて首を起こした夏目は慌てて秋吉の後ろ髪を摑んで引き剝がそうとしたが、あまり過剰に反応してまた秋吉に初めてのようだと思われるのもまずい。そう思うと下手に抵抗もできず、秋吉の後ろ髪を強く握りしめることしかできなかった。

先端に柔らかな唇が触れ、ピクリと腹が波打った。舌先がちらりとその場所を舐め、ひ、とか細い声が漏れる。

片手で秋吉の後ろ髪を摑み、もう一方の腕で上半身を浮かせた夏目は必死で息を殺す。秋吉は舌の先で掠めるように何度も胸の突起に触れてきて、そのたび背筋に震えが走った。不規則な動きは次にいつ刺激がくるのかわかり辛く、やたらと体が身構える。

息を詰めて次の動きに備えていると、前触れもなく秋吉が先端を口に含んできた。

「ひぁ……っ！」

尖った先を口に含んだまま舌先で転がすように舐め回され、悲鳴のような声が漏れてしまった。途端に秋吉の舌が止まって、胸元から唇も離れる。

無言で見下ろされ、経験者らしからぬ反応だったかとひやりとした。が。

「……好きなんですか、ここ」

顕著に反応した夏目を見て、秋吉はそこを夏目の性感帯と解釈したらしい。

「そ……っ、…………そうだな」

闇の中、押し殺した声で夏目は答える。好きも嫌いも、そんな場所を他人に舐められたのは初めてだったが、未経験であることをごまかすためには仕方ない。秋吉は夏目の平らな胸を掌でさすり、納得したのか再び同じ場所に唇を寄せてきた。

下手に経験者のふりなんてしてしまったことを後悔する夏目をよそに、秋吉は舌と歯を使って執拗《しつよう》に胸の突起を愛撫してくる。舌先で円を描くように嬲《なぶ》り、じっくりと唇で挟んで吸い上げる。ときどき優しく歯を立てられて、夏目はシーツを握りしめた。

そんなところを弄られてもくすぐったいだけだと思っていたのに、いつの間にか肌にうっすらと汗が浮いていた。室内にはクーラーが効いているはずなのに、ひどく暑い。

(なんか……こいつの方が、エロくないか……？)

熱でも出したときのように霞のかかった頭で夏目は思う。普段、何事も淡々とこなす秋吉からは想像もつかないくらい、夏目を煽る舌や唇がいやらしい。

じりじりと腰の奥が熱くなってきて、夏目は密かに内股をこすり合わせる。その動きに気づいたのか、夏目の腹に添えられていた秋吉の手が移動した。

腰骨から腿に移動した秋吉の手が、ゆっくりと体の中心に近づいてきて、夏目の肌に緊張が走る。薄いタオルの下ではもう自身が形を変えている。それに秋吉は触れるだろうか。触れられるだろうか。

つい最近まで男など性欲の対象外だっただろう秋吉が、そこに触れた途端我に返ってしまうのではないかと思ったら、ひどく緊張した。

タオルを巻き込むようにして内股に滑り込んだ秋吉の手が、夏目自身に触れる。すでに硬くなっているそれに触れた瞬間、秋吉の手の動きが止まった。

初めて他人に触れられたことより、秋吉の反応が気になって声ひとつ出なかった。闇の中で相手の様子を窺うと、秋吉も同じようにこちらの反応を窺う気配があった。

しばしの沈黙の後、口火を切ったのは秋吉だ。

「……勃《た》ってますね」

「し……知ってる」

緊張のせいか、秋吉以上に固い声が漏れてしまった。

暗がりの向こうで秋吉がゆるゆると息を吐いた。それがどういう意味の溜息なのかわからず身を硬くした夏目だったが、秋吉は顔を上げると、夏目の中心から手を引くことなく首を伸ばして、互いの唇をすり合わせるようなキスをした。

「俺だけ先走ってるんじゃなくて、よかった」

唇の先で囁いて、秋吉が笑う。そこに嫌悪の表情がないことを見てとって、夏目は全身から力を抜いた。

「……お前も、その……こんなになってんのか？」

「なってますよ。下脱いでいいですか」

「下と言わず全部脱げよ……」

安堵《あんど》して、体だけでなく声からも力が抜けた。

ベッドの上で身を起こした秋吉が服を脱ぐ様を直視していられず横を向くと、早々にすべての服を脱ぎ落とした秋吉が覆いかぶさってきた。

全裸になった秋吉に抱きしめられる。緊張したのは一瞬で、初めて感じる他人の体温にとろりと体の強張りが溶けた。

ぴたりと触れ合う胸も、背中に回された腕も熱くて心地がいい。もっと欲しくなって自分から秋吉の背中に腕を回し、膝を立てて秋吉の腰を挟み込んだ。肌はますます密に触れ合い、その下で何かがさざめく。裸で抱きしめられるのがこんなにも気持ちのいいことだなんて、知らなかった。

「……汗臭くないですか」

互いの隙間を埋めるように秋吉の首筋に頬をすり寄せたら、秋吉が少しだけうろたえたような声を上げた。返事の代わりに秋吉の首筋で大きく息を吸い込んでみたが、肌からにじみ出る雄の匂いにくらりときただけで不快感はまるでなかった。むしろ猫がマタタビの匂いでも嗅がされたようで、全身からめためためたと力が抜ける。

「先輩……ちょっと……」

「ん……」

焦った様子で秋吉が身を起こし、夏目は離れていく体を無意識に追いかける。

「待ってください、エロいんですよ」

「またそれかよ……エロくねぇ」

吐息の混ざる声で答えると、闇の中で秋吉がわずかに奥歯を噛んだ。何か言いた気に唇が動いたが、結局何も言わずに秋吉は夏目の腰のタオルを解く。

秋吉は、こんなふうに何か言いかけて途中でやめることがよくある。言葉に迷った様子で何度も唇を閉ざす姿は、自分の考えを正しく相手に伝えようとする秋吉の誠実さの表れのようで、そういうところも夏目は好きだ。

タオルを取り払った秋吉が、今度は直《じか》に夏目自身に触れてきた。そこは先程よりも硬くなり、先端からは蜜《みつ》がこぼれている。

夏目の状態を確かめるように根元から先端へゆっくりと指を這わされるのが気恥ずかしくて、夏目は秋吉の首を抱き寄せてぶっきらぼうに言い放った。

「もういいから……早くしろ」

「……もういいんですか？」

膝頭を開いて誘うと、秋吉が窺うような声で尋ねてきた。

タイミングが早すぎたかと、内心夏目は動揺する。初心者の自分には前戯の平均時間などよくわからない。だからといってここで前言を撤回すると未経験者なのがばれてしまいそうで、返事もせず片手を伸ばして秋吉の下肢に触れた。

夏目の唐突な動きに驚いたのか、秋吉がわずかに息を呑む。指先で触れたそれは思いがけず熱く重く、うっかり夏目まで息を詰めてしまった。

カァッと首筋から熱が上がって、頬どころか額まで熱くなった。秋吉は自分の反応を見ていただけだったのに、それだけでこんなにも興奮したのだと思ったらたまらなかった。他人のものを触るのは初めてだったが、躊躇も忘れて撫でこする。手の中で秋吉の雄が一層大きくなり、それが嬉しくて指先に力を込めると、秋吉が腰を引いて手が届かなくなった。

不満を訴えようとしたら、秋吉の指が体の奥に滑り込んできた。

「煽らないでください。いきなり突っ込まれたいんですか」

先程まで少女マンガがどうとか言っていたのが嘘のように、ムードの欠片《かけら》もないことを秋吉が言う。それだけ余裕がないということか。声が低い。

一方の夏目も、指先で入り口を撫でられて声を吞んだ。心臓が大きく跳ねて喉元をふさいだようになり、本気で一瞬息が止まる。

「い……一応、最低限の準備は、してある……から」

声が震えないよう目一杯喉に力を込めたら、言葉が切れ切れになってしまった。

その不自然さに気づいたかどうかはわからないが、秋吉がゆっくりと狭い隘路《あいろ》に指を沈めてきた。事前にローションを使って解しておいたので、秋吉の指は抵抗なくずるずると奥まで入ってくる。

痛みはないが、自分の指とは長さも角度も違うそれに慄《おのの》き、息が引き攣れた。

「……柔らかい」

秋吉がどこか感慨深げに呟く。普通の男ならそんなところ柔らかいはずもないのにと言外に言われた気分になり、猛烈な羞恥に襲われたが、奥歯を噛みしめて堪えた。

「でも、ローションも使った方がいいんですよね？」

「……ったりまえだ……！」

恥を忍んで答えると、ずるりと秋吉の指が引き抜かれて体が仰け反った。大きく上下する夏目の胸に秋吉はひとつキスを落とすと、ベッドの足元に放り出してあったローションを取り上げて中身を掌の上に落とす。

たっぷりと濡れた指先が再び狭い入り口を潜り抜け、夏目は横顔をシーツに押しつけた。

「痛みますか……？」

尋ねられても、すぐには返事ができなかった。秋吉はそれ以上言葉を重ねることはせず、代わりにゆっくりと根元まで指を埋めて無言で答えを要求する。節の高い指の形を覚え込ませるように動かない秋吉に焦れ、夏目は嚙みしめた歯の隙間から声を押し出した。

「い……たく、ない……」

「……本当ですか？」

疑わし気な声に頷こうとしたら、中でゆっくりと指が動いた。

「あっ……！」

必死で抑え込んでいた声が唇から転げ落ち、夏目はガバッと片手で口元を覆った。

暗がりの中で、秋吉が目を見開いてこちらを見ているのがわかる。夏目はもうそちらを向くこともできない。全身の血が沸騰する。

しばらくして、またゆっくりと秋吉の指がずるずると奥へ押し込まれた。今度は掌の下で唇を嚙んだものの、腰が震えるのは止められない。

そんな夏目の反応を見て、秋吉は至極真剣な声で言う。

「……そういえば、先輩あのバイブ使ってるんですよね」

「……っ！」

「自分の感覚でものを考えてました。すみません」

「わ…っ…悪かったな！　そんなところで感じてて！」

「いえ、そうじゃなく」

やけになって言い返したら、中でぐるりと指を回された。直前の威勢のいい声が、情けないくらい甘く溶ける。入り口にもう一本指が添えられ、期待で息が乱れた。そんな夏目の反応を確認して、秋吉はやはり真面目な口調で言った。

「無自覚に焦らしてしまっていたのなら、すみませんでした」

「ば……っか……あっ……あぁ……っ……」

語尾の蕩《とろ》けた悪態はまるで迫力がなく、夏目は自分の指先を噛みしめた。内側を探る指がもう一本増えて、押し広げられる感触に背筋が粟立《あわだ》つ。

「そんなにきつく噛んだら血が出ますよ」

首を伸ばした秋吉が夏目の掌に口づけながら囁く。その間も秋吉はじっくりと二本の指を出し入れするので、夏目は目の端に涙を浮かべて首を振った。

男の体に触れるのは初めてなのだろう秋吉は、そこで夏目が感じているとわかってはいても、どこか遠慮がちに指を動かしてくる。指を噛みしめていなければ喘ぎ声だけでなく、はしたなくねだる言葉まで際限なく漏れてしまいそうで怖かった。

「ん……んっ……んん…っ…」

内壁をじわりと押し上げられて腰が揺れた。もっと、と懇願する声が喉元でわだかまる。噛みついた指先は痛みすら感じず、ますます強く歯を立てたときだった。

「先輩、北風と太陽って知ってますか」

それまで夏目の手に優しいキスを繰り返していた秋吉が、潜めた声で妙なことを言い出した。ただでさえもどかしい快楽に焦れた頭では、どうしてここで童話が出てくるのかさっぱり理解できない。うっすら目を開くと、闇の中で秋吉の顔が遠ざかっていくのが見えた。

肌を吐息が辿る感触で、秋吉の顔が胸元まで下りていくのがわかる。先程さんざん舐め回された胸の突起に息が触れ、あっと思ったときにはもうその場所を口に含まれていた。

「ん、んん——…っ…！」

とっさに身をよじったが秋吉の唇は離れず、逆に強く吸い上げられた。

ほんの少し前は、くすぐったい、と思った場所なのに、今度は明確な快感が背筋を駆け抜け夏目は喉を仰け反らせた。反射的に中を探る秋吉の指をしめつけてしまい、その硬さに下半身が蕩けてしまいそうになる。

「ん……ふ…っ…ぅ……ん」

赤く尖った胸の突起をざらざらと舌で押し潰しながら、秋吉がぬくぬくと二本の指を出し入れさせる。どちらも片方だけならもどかしいくらいの快感なのに、二つ同時となると一気に体が熱くなった。

「指、外してください」

夏目の胸に唇を寄せたまま秋吉が囁く。痛いほど過敏になった場所に息がかかり、夏目はぶるっと背筋を震わせた。なおも指を噛み続けていると、秋吉は再び夏目の胸を舌で転がし、さらにもう一方の手で夏目の雄に触れてきた。

張り詰めた自身を握り込まれ、夏目は大きく目を見開く。

唐突に、北風と太陽という言葉の意味を理解した。下手に言葉で強制するのではなく、快楽で溶かして言いなりにしようというわけか。

「あっ、秋吉……！　わかった、外したから……っ！」

夏目は慌てて噛みしめていた指を口から外すが、秋吉はもう夏目の反応など見もせずに指と舌を動かし続ける。赤く色づいた尖りを吸い上げ、完全に勃ち上がった雄を扱《しご》きながら、蕩けた内壁をこすり上げる秋吉に、夏目は涙混じりの声を上げた。

「あっ、や……っ、あっ、あぁっ！」

性感帯を三点同時に責められる経験など生まれて初めてで、堪えようもなく絶頂まで押し上げられた。秋吉の手の中で欲望が弾け、その間も後ろを指で刺激され続ける。

「あっ…あ…ん……っ」

達しているのになお刺激を与えられ、薄く開いた唇からたっぷりと快楽の尾を引いた声が滴った。ぐったりとシーツに沈み込んだ夏目に気づいたのか、ようやく秋吉も夏目の中から指を引き抜いた。

他人から与えられる快感は強烈で、達した直後は、目を開けているはずなのにしばらく何も見えないくらいだった。

やがてどくどくと勢いよく全身を巡る血液の音が薄く意識に上り、次いでピッと何かの封を切る音が耳に届いた。聞き覚えのあるそれに、茫然自失の体で天井を見上げていた夏目はようやく小さな瞬きをする。

体が砂袋のように重く、すぐには顔を上げることもできない。音の正体を漫然と探っていた夏目は、それがコンドームの封を切る音だと気づいて目を見開いた。

「あ……秋吉……ちょっと、待った……！」

掠れた声で制止をしたが遅く、両脚を抱え上げられて入り口に熱い切っ先が押し当てられた。見上げた秋吉の顔は、泣き言なんて聞いてくれそうもないくらいに余裕がない。

「秋吉…っ…無理、待った、ちょっとでいいから——……っ」

「ちょっとって、どれくらいです……？」

尋ねながらも秋吉がじりじりと腰を進めてくる。達したばかりでまだ息も整っていないのに、押し開かれる感覚に体の芯が震え上がった。

冷たい樹脂ではなく、熱い肉に貫かれる予感に頭の芯が痺れた。いつもは一度達してしまえば終わりなのに、今日に限って体から熱が引いていかない。闇の中からこちらを見る秋吉の目が、夏目の肌をじりじりと焦がす。

待て、と言ったのは自分なのに、入り口に自身を押し当てたまま動かない秋吉に、急速に喉の奥が焼けつくような渇きを覚えた。

自分でもどうかしていると思いながら、夏目は闇雲に腕を伸ばして秋吉の背中をかき抱く。言葉より明確な了承を得て、秋吉が一気に腰を進めてきた。

「——っ……ひっ、あぁ……っ！」

衝撃に声も殺せなかった。バイブとは太さも長さもまるで違うものが押し入ってきて、息苦しさに耐えきれず秋吉の背中に爪を立てる。その上秋吉は待ったなしで夏目の体を揺さぶってくるので、夏目は恥も外聞もなげうって涙声を上げた。

「や、やだ…ぁ…っ……あぁ……っ！」

苦痛を感じたのは一瞬で、体はすぐに秋吉に慣れる。達した直後に突き上げられる快感は強烈すぎて、秋吉、秋吉とすすり泣くような声で何度も秋吉を呼ぶと、一層激しく揺すり上げられた。

耳元で聞こえる秋吉の息はひどく乱れていて、抱き寄せた背中も汗ばんでいる。感情の起伏の乏しい秋吉が獣のように自分を抱いているのだと思ったら、またぞろ腰の奥が熱くなった。体の内側から何かがひたひたと押し寄せてくる。射精の直前に感じるのとも違うそれが身の内を満たしていくのを感じ、夏目は懸命に秋吉にしがみついた。

「あ……あぁ……っ……や、い……ぃ……っ」

「……いい？」

深く身を倒した秋吉が耳の後ろで囁く。前々から低くいい声だとは思っていたが、今日のそれは格別に甘い。熱く蕩けた蜜でも耳に流し込まれた気分になって、そんなつもりはなかったのに中の秋吉をしめつける。

「……っ……いいんですか、夏目先輩」

明確な反応を秋吉も感じ取っただろうに、また耳の裏で繰り返された。答えられるわけもなく黙り込んでいると、秋吉が腰の動きを止めた。たちまち秋吉を受け入れた部分がねだるように収縮して、夏目は目の前の秋吉の肩に力一杯噛みつきたくなる。

(こいつ…っ…なんてこと言わせようとしてんだよ、性格悪いんじゃねぇの……!)

胸の中で悪態をつく間も、物欲しげに腰が揺れてしまう。奥歯を噛みしめてそれに耐えていると、耳元で秋吉も息を殺して返答を待っているのに気がついた。手を添えた秋吉の背中も強張って、何かを堪えているようだ。

どうやら焦らしているわけではなく、真剣に夏目の体を慮《おもんぱか》っての質問だったらしい。わかってしまえば答えないわけにはいかなくなった。よほど質が悪い、と胸の中で秋吉の生真面目さを罵って、夏目は羞恥をかなぐり捨てて答えた。

「――…っ…いいに決まってんだろ……!」

耳の後ろで、柔らかな風が吹く。秋吉がホッとしたような息をついたのだろう。馬鹿、と口の中で呟いたら脚を抱え直され、今度こそ待ったなしで突き上げられた。

「あっ、ひ…っ…あぁ――っ！」

短い時間とはいえ焦らされた分快感が深くなった。たまらず喉を反らすと、そこに秋吉がむしゃぶりつくようなキスをしてくる。

「俺も、凄くいいです――……」

低く甘い声に腰の奥が痺れた。秋吉もちゃんと感じてくれていることに安堵して、余計な懸念が消えた分、次々襲いくる快楽の波に抗《あらが》えなくなる。

途切れることなく延々と絡みつくような快感に、怯えながらも夢中になった。秋吉の逞しい首筋に顔をすり寄せると、さらに突き上げが激しくなる。

「やっ……ぁん、あ…っ…は……あ――…っ…」

秋吉に抱え上げられた脚が痙攣する。爪先が空を蹴り、体が宙に放り出されたようだった。射精を伴わない絶頂に、極限まで体が強張る。息ができない。

シーツの上で体がずり上がるほど大きく突き上げられたと思ったら、耳元で秋吉が低く呻いた。肩で大きく息をした秋吉が、唐突に動きを止める。

夏目は喉を反らし、喘ぐように息を吸った。全力疾走でもしたときのように胸が苦しい。なかなか息を整えられずにいたら、いつの間にかしゃくり上げていることに気がついた。感極まったのかなんなのか、自分でも理解できない涙が頰を濡らしている。

すんすんと鼻を鳴らしていたら、その音に気づいたのか夏目の肩口に顔を埋めていた秋吉

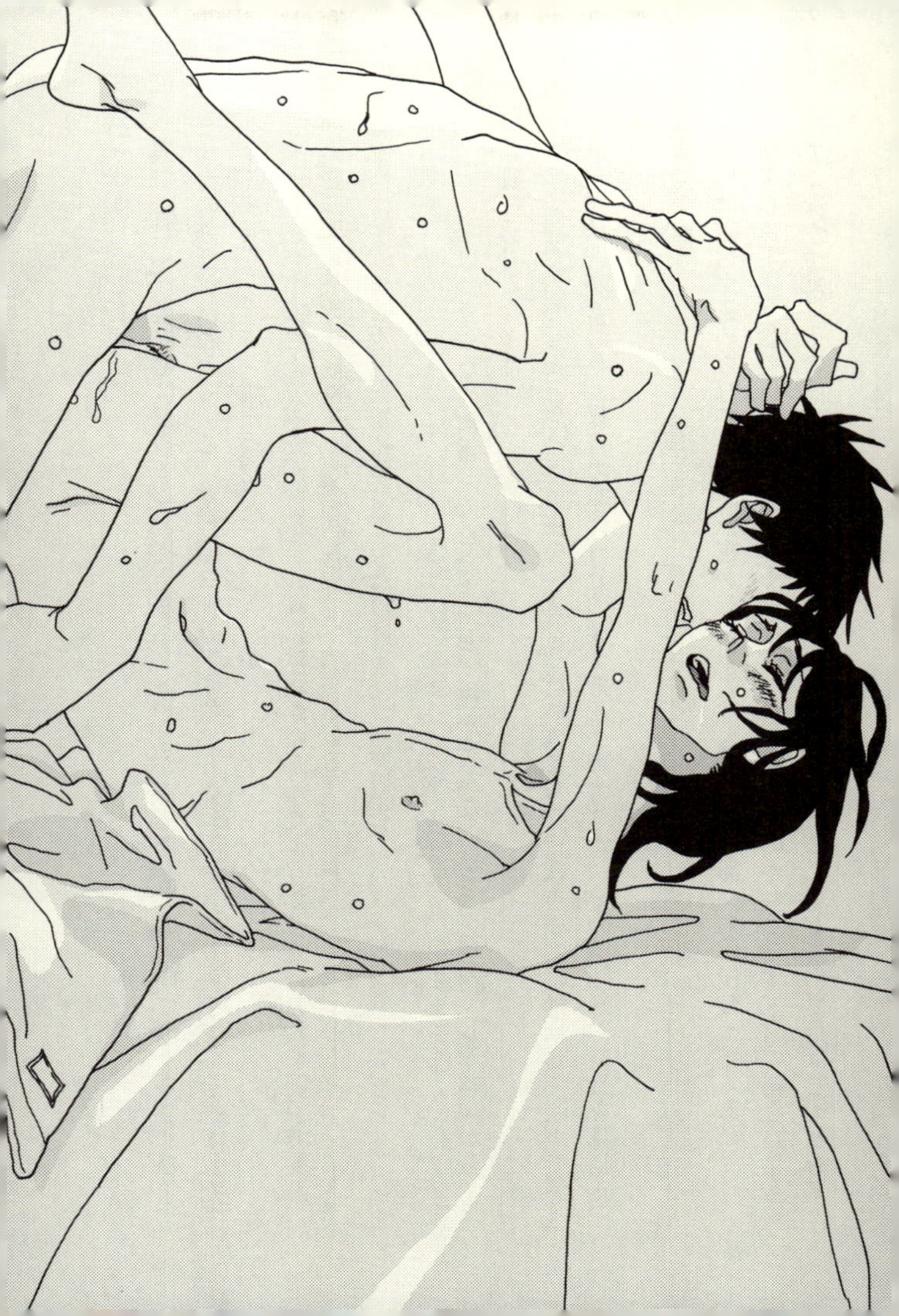

がガバリと面を上げた。

涙でにじんだ視界でははっきりと捉えることはできなかったが、闇の向こうからひしひしと秋吉の動揺が伝わってくる。夏目がフォローするより先に、いきなり両手で頬を挟まれた。

「すみません……！　痛かったですか、きつかったですか！」

違う、と鼻声で答えてみたが、秋吉の耳には届かなかったようだ。夏目の頬を両手で挟んだまま、本気で奥歯を嚙みしめている。

「本当にすみません、先輩初めてだったのに……」

すん……と鼻を鳴らした夏目は、直後カッと両目を見開いた。

「…………はっ⁉　な、何言ってんだ！　お、俺がそんな、は……初めてじゃねぇから！　妙な責任感じるな！」

上手く隠しおおせたと思った事実をいきなり言い当てられ、秋吉以上に動転して涙声で怒鳴ると、秋吉がごつりと夏目の額に自分の額を押しつけてきた。その距離から夏目を見据え、秋吉は断言する。

「嘘ですね」

声には確信が込められていて、秋吉がそれを欠片も疑っていないのが伝わってくる。

相変わらずどうして自分の嘘が容易く秋吉にばれてしまうのかわからず、言い繕う言葉も出てこなかった。その間、自分が忙しなく耳元に触れていたことなど当の夏目はちっとも気づかない。そうでなくとも明らかに閨《ねや》に不慣れな夏目の言動では、秋吉の目をごまかすことなどできるわけもなかったのだが。

混乱する夏目をよそに、秋吉は夏目と額を合わせたまま深い溜息をついた。

「すみません。もっとゆっくりしようと思ったんですけど、余裕がなくて……」

言葉とともに秋吉が夏目の濡れた頬を拭う。大きな掌は心地いい反面、泣いていたことを再確認されるようで気恥ずかしい。秋吉の手首を摑んで頬から引き剝がそうとしたら、逆に前より強く頬を挟まれ、唇がムッと前に押し出された。

「先輩、エロいんですよ」

唇を尖らせた不格好な表情のまま、夏目は大きく目を見開く。

「…っ…またそれか！　お前目がおかしいんじゃねぇか⁉　眼科行ってこい！」

「目は至って正常です」

「だったらそういうリップサービスいらねぇから！」

秋吉は肩をいからせる夏目をじっと見詰め、わずかに唇を上下させた。だが、今回もすぐには声が出てこない。何か言葉を探しているときの秋吉の癖だ。

そんな小さな癖すら知っている自分は、これまでどれだけ秋吉のことを見てきたのだろう。

頭の片隅で思っていると、秋吉が小さく瞬きをした。

「そうですね、先輩はエロいというより……、エロいはエロいんですが」

「人のことエロエロ言うな！　ていうかいい加減離せ！」

まだ頬を挟んだままの秋吉の手首を左右に押しのけようとしたら、突き出した唇に秋吉が音を立ててキスをしてきた。

驚いて目を丸くした夏目を見下ろし、秋吉が笑う。

「先輩、可愛いんですよ」

豆電球ひとつしかついていない薄暗い部屋なのに、秋吉の笑顔はやけに鮮明に目に焼きついて、夏目はすぐに口が利けない。その間にもう一度秋吉にキスをされ、今度こそ力任せに秋吉の手を振り払った。

「眼科行け！」

「だから、目は正常です」

うるせぇ！　と一声叫んで夏目は秋吉から顔を背ける。言葉とは裏腹に秋吉の言葉に喜んでしまう自分が情けない。リップサービスに決まっているのに。

シーツに横顔を押しつけた夏目の頬にキスをして、秋吉がゆっくりと腰を引く。中からずるりと秋吉自身が引き抜かれ、わずかに呼吸が震えた。ただでさえ体力を消耗していたのに、大きな声を出したせいで余計に疲れた。

後始末を済ませた秋吉がベッドに横たわる。シングルベッドに男二人が潜り込むと、狭くてほとんど身動きがとれない。

「先走ったお詫《わ》びに、何かお望みのシーンでも再現しましょうか？」

横から秋吉に囁かれ、夏目は居心地悪く寝返りを打つ。秋吉に背を向け、また少女マンガの話か、とさすがに呆れた声で尋ね返した。

「何やってくれるっていうんだよ……」

「先輩のリクエストに応えますけど。お姫様抱っこして風呂場まで連れていくとか、百回キスするとか、朝まで手を繋いだまま離さないとか」

「……お前、どんな本読んだんだよ？」

「一万回好きだって言う、なんてシーンもありましたけど」

夏目は首だけねじって背後の秋吉を振り返る。

「……そんなことできんのか」

「やりましょう」

即答されたと思ったら、本当に耳元で「好きですよ」と囁かれて夏目は慌てて寝返りを打った。秋吉と相向かいになり、もう一度好きだと口にしようとした唇を掌で覆う。

「本気でやるな……！」

「一秒に一回のペースで言えば三時間くらいで終わりますから、朝までには……」

「そういう話をしてんじゃねぇんだよ……！」

秋吉の顔はどこまでも真剣で、ピロートークのはずなのにまるで色気がない。自分たちにはこういうムードのなさが似合いなのかもしれないと半ば諦め言い合いをしていると、秋吉がそろりと手を伸ばして夏目の頬に触れてきた。

「……さっき、泣いてたでしょう。思っていたのと違ったんじゃないですか……？」

とっとと忘れて欲しい話を蒸し返され、夏目はパッと秋吉から目を逸らす。

何も言わない夏目の頬を繰り返し親指で撫で、秋吉は訥々《とつとつ》と言葉を継いだ。

「俺には少女マンガの面白さがよくわからないので、俺が相手じゃ、先輩の思い描く恋愛とは程遠い感じになるんじゃありませんか……？　さっきも最後は滅茶苦茶で……だからせめて、何か……」

いつもは理路整然と喋る秋吉が、珍しく言葉を濁している。最後の最後で暴走してしまったのをよほど気に病んでいるらしい。

秋吉なりに気を遣っているのだと思ったら、突っぱねる気も失せた。

夏目は唇をへの字にして、溜息に混ぜて低く告げた。

「……六十回でいい」

自分からこんな要求をするのは舌を噛みたくなるほど恥ずかしかったが、それで秋吉の気が済むのならいいと思った。すぐには意図が呑み込めなかったのか黙り込んだ秋吉に、夏目は噛みつくように言い放つ。

「一万回も言う必要ねぇって言ってんだよ！　六十回なら一秒に一回ペースで、一分もあれば済むだろ！」

「……そんなのでいいんですか」

「いいよもう……眠いし」

気恥ずかしくて秋吉の顔を見られないまま呟くと、またしても頬を両手で包まれた。俯きがちだった顔を上向かされ、唇にそっと優しいキスをされる。

「……好きです、夏目先輩」

ほとんど唇を触れ合わせたまま囁いて、秋吉はもう一度夏目にキスをする。

まさかこうして一言告げるたびにキスをするつもりか。うろたえて、そんなことまで要求していないと主張しようとしたが、その言葉は秋吉の柔らかな声で遮られる。

「好きです」

闇の中でぽつりと呟き、そっと唇をついばんでくる秋吉に、夏目は何も言えなくなって固く目をつぶる。このペースでは一分で終わるわけがないと思ったが、口を開いたら情けなく震えた声しか出そうになかった。

一回、二回とこちらが数えるまでもなく、律儀な秋吉はきっちり六十回好きだと言って、その言葉のひとつひとつが本気だと示すようにキスをするのだろう。

優しいキスを受け止めながら、昔の自分に教えてやりたい、と思った。

真冬の公園で現実を目の当たりにし、半べそをかいて家に逃げ帰った高校生の自分に想像できただろうか。遠い未来、好きになった相手にこんなふうに大事に扱われる日が自分にも訪れるなんて。

夢のようだ、と思ったら、目の端からぽつりと涙が落ちた。それは秋吉の指先を濡らし、夏目の唇に何度目かのキスをした秋吉の動きを止める。

秋吉の唇が目元に移動して、後ろ頭を大きな手でごしごしと撫でられた。

「本当に、自分でも驚くくらい好きですよ」

妙なセリフだが、感動の薄い秋吉が言うからには、本当に自分でも驚いているのかもしれない。最高の口説き文句だ、と微かに笑って、夏目は薄く唇を開く。

(俺も——……)

口にしかけた言葉が秋吉の唇に呑み込まれる。唇が離れた途端好きだと囁かれ、応えようとしてキスをされ、また好きだと繰り返された。

これはもう、六十回秋吉が言い終えるのを待つしかないのだろうか。

キスはまだ、あと四十六回も残っている。

◆◇◆

「それではぁ、我が研究室の二足歩行ロボが、サマーカレッジで無事歩き出すことを祈って、

かんぱぁーい！」

広い宴会場に華々しく響く乾杯の音頭は、今夜だけでもう何度目だろう。ろれつの怪しい小糸川の声に応え、カンパーイ、とそここで声が上がるが、どれもこれも酔っ払いのそれだ。

長テーブルが並んだ畳敷きの宴会場には座布団が乱れ飛び、テーブルの上には空になったビール瓶が乱立し、酔い潰れて畳に突っ伏す者の姿すら散見される。

「夏目先輩！　俺この合宿が終わったら先輩と一緒に研究室に泊まり込みますから！」

コップにつがれたビールを飲み干した小糸川が、部屋の隅に座る夏目に声をかける。その胸元に堂々と躍るのは『マグロ漁船』の文字だ。相変わらず意味がわからない。

夏目も強《したた》か酔っているようで、目を据わらせて小糸川に丸めたティッシュを投げつけた。

「うっせぇ！　お前は二度と院生室に入るな！　またウィルスまき散らされちゃたまらねぇんだよ！」

「そんな！　俺先輩の役に立ちたいんですぅ！」

「人のパソコンでエロサイト覗いてた奴がどの面下げて言ってんだ！」

ぎゃっはは！　と周囲で笑い声が上がる。小糸川が夏目のパソコンをウィルスに感染させたことはすでに研究室中の人間が知るところだ。その後小糸川は教授からきついお叱りを受けたものの、新種のウィルスは魅力的だったのか、教授自ら手を尽くしてくれたおかげで無事ウィルスは駆除されて、だからこそこうして笑い話にもなっている。

段々収拾がつかなくなってきた室内を、秋吉は改めてぐるりと見渡す。一時間も前に教授が自室に引き上げたものだから、学生しかいない宴会場はもう無法地帯だ。ゼミで紅一点の野々原も、先に部屋に戻ってしまっている。

ゼミの合宿も今日で二日目。明日には地元に戻るというのに、さすがに羽目を外しすぎだ。明日の点呼に二日酔いで遅れる者が出ても面倒なので、合宿の幹事である秋吉は立ち上がって手を叩いた。

「そろそろお開きの時間ですよ。会場ももう片づけるので、全員部屋に戻ってください」

「ええー、秋吉のけちー」

「飲み足りない奴は部屋に戻って飲め。先輩たちも、そろそろ引き上げてください」

秋吉が再三手を叩くと、ようやく皆も重い腰を上げた。三々五々に引き上げるメンバーを横目に、秋吉は余興として行ったビンゴ大会の後片づけをし、部屋の隅で潰れている下級生を担いで部屋まで送り届け、ホテルのフロントに宴会が終了した旨を伝えて会場に戻る。

廊下を歩いていると、前方から千鳥足の田島がやってきた。田島も相当飲んでいるらしく顔が赤い。

「あー、秋吉、ちょっとちょっと」

秋吉に気づいた田島は、その行く手を阻むように廊下を蛇行し、がっと秋吉の首に腕を回してきた。そのまま廊下の隅まで秋吉を引きずり込んだ田島は眉間にシワを寄せている。

「あのさ、夏目の秘密のことなんだけど。秋吉ちょっと、露骨に夏目の嘘見抜きすぎ」

酒臭い息を顔に吹きかけられ、秋吉はわずかに体を引く。幹事の仕事にかまけてほとんど飲んでいないせいか、他人のアルコール臭がやけに強烈に感じた。

そんな秋吉の体を片腕で引き寄せ、田島は人気のない廊下で声を潜めた。

「今日飲んでるとき、秋吉にはなんで自分の嘘がばれるのかって夏目に絡まれてさ。あんまりしつこいから、嘘つくとき耳触る癖言っちゃったよ」

「本人に教えたんですか？」

思わず身を乗り出した秋吉に、田島は渋い顔をしてみせる。

「秋吉のせいでしょ？　たまには夏目の嘘もスルーしてあげないと、全部言い当ててたらばれるに決まってるじゃない」

逆に非難めいた調子で言われてしまい、それもそうかとあっさり秋吉は引き下がる。己の浅薄さを素直に謝ると、たちまち田島は機嫌を直し、よし、と秋吉の背中を叩いた。

「そういうわけで、宴会場で夏目が秋吉のこと待ってるから」

「……他の奴らは？」

「皆もう部屋に戻ったよ。だから夏目のこと迎えに行ってあげて。なんかいろいろ企《たくら》んでるみたいだから、ちょっと乗ってあげてよ。くれぐれも、嘘を全部指摘しないようにね」

秋吉の首に回していた腕を解き、田島が頭の上でひらりと手を振る。部屋に戻っていくその背中を見送って、秋吉は足早に宴会場へ向かった。

田島の言う通り、閑散とした宴会場では夏目がひとり長テーブルに突っ伏していた。

「先輩……大丈夫ですか？」

駆け寄って背中に手を添えると、夏目がガバリと顔を上げる。酔って目元を赤く染め、唇を真一文字に引き結んだ夏目は、なんだか微妙に機嫌が悪そうだ。これは早々に謝っておくべきかと口を開きかけた秋吉を、夏目のぶっきらぼうな声が遮る。

「秋吉、屋上行くぞ」

「……こんな時間にですか？」

夏目も相当酔っているようだし部屋に戻った方がいいのではないかと思ったが、夏目は秋吉の返事も待たずに立ち上がり、ふらふらと宴会場から出ていってしまう。田島が言うには何か企んでいるらしいので、仕方なく秋吉もその後を追った。

エレベーターで最上階の三階まで上り、さらに非常階段を上って屋上に出る。

山の上に建つホテルの周囲はぱっくりと闇に呑み込まれて、夜が息を潜めている。ここには昼夜問わず電飾を光らせる歓楽街も、都心を流れる大動脈のような車の流れも見受けられない。頭上一面にまぶされた星の瞬きもまばゆいばかりだ。

先に外へ出た夏目は屋上を囲う柵に近づくと、胸の高さまであるそれにべったりと凭れかかった。決して秋吉の方は振り返らないくせに、背中一杯でこちらの気配を窺っているのは見てとれて、秋吉も大人しく夏目の隣に立つ。

山深い土地柄のおかげか屋上の空気は清涼で、地元にいるより夜が涼しい。遠くでざわざわと木々が揺れ、夏虫たちの合唱が心地よく耳を打った。

自然のざわめきに耳を傾け、秋吉は黙って夏目が何か仕掛けてくるのを待つ。けれど夏目はむっつりと黙り込んでこちらを見もしない。そんなに怒っているのかと夏目の横顔を見詰め続けていたら、わずかに夏目の視線がこちらに流れてきた。だがそれも、視線が交差した瞬間パッと正面に戻される。

その仕草を見て秋吉は悟る。夏目は怒っているのではなく、どうやら照れているようだ。自分の嘘がことごとくばれていた理由に、きちんと根拠があったことがいたたまれないのだろう。それとも、久々に秋吉と二人きりになること自体に気恥ずかしさを感じているのかもしれない。

院生室のパソコンがウィルスに感染し、勢いのまま夏目の部屋に押しかけたあの日から今日まで、こうして夏目と二人きりになる機会はほとんどなかった。週が明けるなり秋吉は前期試験の準備にかかりきりになってしまったし、夏目もパソコンの復旧とサマーカレッジの準備を平行して行わなければならず多忙を極めたからだ。

ようやく試験が終わっても、今度は夏合宿の幹事の仕事が山積みで、合宿中も段取りに追われ、夏目と話をする時間などまったくなかった。

合宿が終わればやっと秋吉は人心地つくが、夏目はサマーカレッジに向け追い込みが待っている。それが終わるまで夏目とゆっくり過ごす時間を確保することは難しいだろう。

そう思うとこの時間がひどく貴重なものに思え、秋吉は屋上の柵に肘をついて夏目の横顔をしげしげと見詰めた。

相変わらず夏目は細い。薄っぺらなTシャツが風に煽られ、細腰の曲線が露わになる。俯いた首が折れそうに華奢だ。アルコールのせいか、唇がやけに赤い。

久々に、駄目な感じがした。

下の階には研究室のメンバーたちがいて、いつ誰がこの場にやってくるかわからないのに、うっかりすると細い体を抱き竦めてしまいたくなる。見ているだけで、駄目になりそうな気がする。

（エロい）

胸の内で呟いたら、その声が聞こえたかのように夏目がこちらを見た。ようやく何か仕掛ける気になったのか夏目が口を開くが、ためらったようにすぐ唇を引き結ぶ。

その様を見守っているうちに、秋吉の口元にうっすらと笑みが浮かんできた。それに気づいた夏目はムッと眉を寄せ、やっぱりやめたとばかり顔を前に戻してしまう。しかめっ面には不似合いに耳が赤い。

（――……可愛い）

ガタガタと箍を震わせ自分の中から溢れそうになる感情を、こんな甘ったるい言葉で言い表せるとは思わなかった。夏目といると、普段はなかなか出てこない感情がふいに飛び出してきて、驚かされる。

「……今日、飲みのとき田島となんか話したか？」

飽きもせずに夏目の横顔を眺めていたら、ようやくぼそりと夏目が呟いた。

いいえ、と秋吉は緩く首を振る。飲み会の最中は余興の準備や酒の追加、後輩を介抱したりするのに忙しく、ほとんど誰ともまともに会話をしていない。

ふぅん、と興味もなさそうに夏目は答えるが、きっと夏目が己の癖のことを知ったことを秋吉も了解しているのか、探りを入れてきたのだろう。

実際は飲み会が終わった後田島と話しているのだが、秋吉は敢えてそれを口にしない。それを言ってしまったら、夏目の企みがふいになってしまうだろうという予感もあった。

夏目はなんでもないふうを装いながら、指先だけが落ち着かなく柵を撫でている。そろそろ何か切り出してくる頃かと身構えていたら、わかりやすく夏目が小さな咳払いをした。

「お前さ、野々原さんのこと好きだったんじゃねぇの？」

直前まであれこれと想定していた秋吉だったが、ものの見事にすべて外れた。本気で質問の意図がわからず、秋吉は軽く身をよじって夏目の横顔に顔を近づける。

「……そんなふうに見えましたか？」

心底不思議に思って尋ねると、逆に夏目の方が驚いた顔になった。いや、だって、とうろたえたようなか細い声が夜風に乗る。

「俺が野々原さんの家にマンガ借りに行こうとしたら、止めただろ……？」

「そりゃ止めますよ。彼女、先輩がゲイだって知らないんですから、何かあったらどうするんです」

「だから、ほら、野々原さんのこと心配したんだろ？」

秋吉は黙って夏目の顔を見下ろす。実際、あのとき自分は何を思って夏目を止めたのだろう。自分にキスをしたくせに、同じ調子で野々原を口説く夏目に腹が立ったのは事実だが。

(腹を立てていた時点で、案外もう好きだったのかもしれないな……)

たった今気づいたばかりの可能性を伝えたら、夏目はどんな顔をするだろう。無言でそんなことを考えていたら、沈黙に耐えきれなくなったのか夏目がわずかに顔を伏せた。

「野々原さんとアドレス交換したときだって、本気で睨んできただろうが……」

「それは、夏目先輩が田島先輩のこと好きだと思ったからですけど」

今度は夏目がきょとんとした顔になる。それを見て、秋吉は改めて自分たちがまともに話をしていない実情を目の当たりにした。夏目の部屋で体を重ねた後、土曜、日曜と夏目の部屋に入り浸っていたはずなのに。抱き合うことに夢中でいろいろな誤解を置き去りにしたままだった。

「俺は、夏目先輩にキスされそうになって避けたとき『間違えた』なんて言われたので、てっきり田島先輩と間違われたんだと思ったんですけど……」

あぁ？　と夏目が不穏な声を出す。いい加減、相手に説明を求めるとき極端に柄が悪くなるのは改善させた方がいいかもしれない。自分はともかく、周囲が怯える。

「小糸川に田島先輩と後ろ姿が似てるって言われたんですよ。だからです」

言い足すと、ぱんぱんに膨らんだ風船から空気が抜けるように夏目の顔から険が抜けた。

と思ったら、音がするほど勢いよく夏目が柵に額を押しつける。

「だからお前、やたら田島田島って……！」

「ちょうど田島先輩と野々原さんがつき合う前だったので、てっきり田島先輩を取られたくないばっかりに野々原さんにちょっかい出してるのかと思いまして」

ちなみに田島と野々原は、合宿の直前に正式につき合い始めたらしい。合宿中も二人が仲《なか》睦《むつ》まじく過ごす姿をたびたび見かけた。

いろいろと腑に落ちるところがあったのか、柵に額を押しつけたまま夏目は後ろ頭をかきむしっている。

「そういう先輩は、どうして俺と野々原さんが中庭で話してるとき、わざと携帯に連絡してきたんです？」

秋吉も気になっていたことを尋ねると、頭を掻いていた夏目の手がぴたりと止まった。

「田島先輩と野々原さんをくっつけたくなくて野々原さんにちょっかい出してたのかと思ってたんですけど、あのときの行動だけはよくわからないんですよ。田島先輩狙いなら、俺と野々原さんがくっつくのはむしろ歓迎すべきことでしょう?」

俯いたまま、夏目がギュッと自身の後ろ髪を握りしめる。その指先が髪を巻き込みながら耳元に近づいていくのを見守り、秋吉は夏目に体を寄せ、耳元で囁いた。

「……先輩、いつから俺のこと好きでした?」

いきなり秋吉の声が近づいたことに驚いたのか、夏目がガバリと体を起こす。薄暗い屋上でもわかるほど夏目の頬は赤い。多分、アルコールのせいばかりではなく。

答えなど聞かなくとも、赤く染まった頬を見れば大方の想像はついたが、やはり夏目自身の言葉が欲しい。秋吉は返答を促すつもりで夏目の目を覗き込む。

一方の夏目はすっかり狼狽した様子で、髪を摑んでいた手を首筋に移動させた。

「あれは、別に、本当に野々原さんに用事があっただけで、お前と一緒にいたなんて知らなかったんだよ!」

夏目の指が首から耳元へ移動していく。だが、夏目は途中でハッと何か気づいた顔になって、慌てて掌を握りしめた。田島の言葉を思い出したらしい。

秋吉はわざと眼下に視線を向けて、夏目の仕草には気づかなかったふりをする。田島にも嘘をすべて指摘するなと釘を刺されたばかりだ。

秋吉が見ていないうちに、夏目は深呼吸などしてなんとか平常心を取り戻そうとしている。大きく上下する肩先を横目で見て、可愛い、と秋吉は思う。

（……可愛い、なんて、こんなに頻繁に使う日が来るなんて思わなかったな）

最近、夏目の些細な仕草にそう思うことが多い。一方で、何かが足りない、という気もした。夏目の隣にいるときふつふつと胸の底から湧き上がってくるこの想いは、可愛いという言葉だけでは言い表せていないような気がする。

もう少し、この想いにふさわしい言葉がある気がした。けれどなかなかぴたりとはまるものが浮かばず、秋吉は小さく唇を上下させる。

「何考えてんだよ？」

頭の中で思いつく限りの言葉を並べていたら、横から夏目に顔を覗き込まれた。

可愛い以外にアンタにぴったりの言葉ってなんですかね、と本人に訊いてみてもよかったが、どうせろくな返答は得られないだろう。赤面して慌てふためく夏目の姿は想像するだけにとどめ、秋吉は直前まで頭に浮かべていたのとは別の言葉を口にする。

「それで結局、田島先輩を好きだったことはないんですか？」

しつこい、と怒られるかとも思ったが、夏目はしばし沈黙して、スッと秋吉から目を逸らした。

「……田島のことなんて好きじゃねぇよ」

秋吉に横顔を向けた夏目が、頬にかかる髪を耳の上にかける。そのままギュッと指先で耳朶を握りしめたので、柵に凭れかかっていた秋吉はわずかに目を見開いた。

夏目が耳に触るときは嘘をついているときのはずだ。だとしたら、たった今夏目が口にした言葉は本心とは逆ということになる。

「……本当ですか」

期せずして、低い声が漏れた。夏目は夜の山々に目を向けたまま、平淡な声で答える。

「当たり前だ、あいつのことは一度もそういう目で見たことなんかない」

その間も、夏目はずっと耳朶を指先でこね続けている。秋吉は黙り込んで次の言葉を探すが、何も出てこない。間を持たせるように手の甲で口元を拭うと、夏目が横目でちらりとこちらを見た。

何かを確認するようなその目つきに気づき、秋吉は口元に当てた手を止める。

(……わざとか)

遅ればせながら夏目のもくろみに気づき、秋吉はぎこちなく夏目から視線を逸らした。

夏目に会う前に田島から話を聞いておいてよかった。そうでなければ、まんまと夏目の策に引っかかるところだった。

冷静に考えれば、耳を触る仕草がいつになくわざとらしかったような気もするが、夏目が耳を触るときは嘘をついているときだとほとんど反射的に判断していただけに、本気で思考が停止した。

秋吉は一度眼下の駐車場に視線を落とし、数秒おいてから再び夏目に目を向ける。

夏目は最前からずっと秋吉のことを凝視していたらしい。心なしかその瞳が爛々《らんらん》と光って見える。すっかり秋吉が自分の講じた策に引っかかっていると思い込んでいるのだろう。

秋吉は軽く口ごもる。だが、今度のそれはわざとだ。秋吉をはめてやったと有頂天の夏目は、当然それに気づかない。

「今も、田島先輩のことは好きじゃないですか?」

「好きじゃない」

即答しつつ、夏目は指先で耳を弄る。それをしっかりと見届けてから、秋吉は無言で視線を斜めに落とした。その間、かなり真剣に黙考する。

これは一体、どの程度騙《だま》されたふりをするべきだろうか、と。

「なんかいろいろ企んでるみたいだから、ちょっと乗ってあげてよ」と田島は言った。「嘘を全部指摘しないように」とも。

だからといって大袈裟に傷ついた顔をしてみても、逆に演技臭さが際立ってしまいそうだ。さりとて無反応では夏目もつまらないだろう。

どんな反応が適当なのか視線を落として考え込む秋吉は、その姿こそが大いに打ちのめされているように夏目の目に映っていることに気づかない。

ちらりと目を上げると、夏目が心底嬉しそうな顔でこちらを見ていた。本人は隠しているつもりかもしれないが、口元が笑っている。

今にも大はしゃぎで「騙されやがった！」と囃してきそうだ。堪えきれなくなったように夏目の口元がひくつき、ネタばらしされると思った瞬間、秋吉はとっさに尋ねていた。

「じゃあ、俺のことは？」

楽し気だった夏目の顔から、すとんと表情が抜け落ちた。質問の内容を吟味するように真顔に戻った夏目に、秋吉は重ねて問う。

「夏目先輩、俺のことは好きですか？」

「え？　あ、あー……」

夏目の視線が左右にぶれる。

いつもの夏目なら仏頂面で適当に言葉を濁して終わりだろうが、今回は秋吉をはめている途中だからか、少し迷っている。

しばらくして結論を出したのか、夏目は自身の耳を触りながらはっきりと言った。

「好きだ」

へぇ、と秋吉は軽く目を眇める。夏目のように内心の感情を相手に悟らせぬよう、細心の注意を払って。

どうやら今日の夏目はとことん秋吉を動揺させるつもりらしい。けれど意図して嘘をつくのは慣れていないのか、その顔はどこか緊張気味だ。

秋吉は、耳の奥で残響する夏目の言葉を、胸の内でも丁寧に反芻《はんすう》した。

こんなふうに面と向かって夏目に好きだと言われたのは、パソコンがウィルス感染したあの夜以来だ。それも研究室で一度言われたきりで、夏目の部屋に戻ってからは絶対に言ってもらえなかった。こうなると、秋吉を騙すための言葉だとわかっていても貴重に響く。

「……本当ですか？」

秋吉は柵に凭れかかって再度尋ねる。夏目はまだ耳から手を離さないまま、しっかりと首を縦に振った。生真面目な顔がなんだかおかしくて、秋吉は口元に微かな苦笑を浮かべた。

「本当に？　俺なんて少女マンガのよさもわかりませんけど……」

「……お前いつもそれ気にするけど、そんな重要なことか？　そもそも現実の恋愛に少女マンガ的な演出なんて求めてねぇし」

夏目が人差し指と中指で自身の耳朶を挟む。見覚えのある仕草だ。これはわざとではなく、無意識にやっているのかもしれない。

「それに、その……」

ギュッと夏目が耳朶を握りしめる。一転して指先に意図的な力が働いた。言いにくそうに口ごもる夏目の声は聞き取りにくく、秋吉は軽く身を屈めてその顔に耳を近づける。夏目はわざとらしく自身の耳を引っ張ると、ぶっきらぼうに言った。

「まともに恋愛できるなんて思ってなかったから、今の状態で十分なんだよ」

「まともですか？　俺が相手でも」

そのわりには、初めて夏目の部屋に泊まった翌朝、ピロートークが色っぽくなかっただの考えが少女マンガに偏りすぎているだのさんざん言われた気もするが。夏目の言うまともな恋愛が少女マンガ的なものだとしたら、己の感情すら上手く捉えられないほど情緒欠落気味な自分が夏目の意に添えるかどうか、はなはだ不安だ。

そんなことを思っていたら、夏目が前よりさらに潜めた声で囁いた。

「……好きな相手に、好きだって言ってもらえるだけで十分だ」

屋上に、季節外れの涼しい風がヒュッと吹き抜けた。

その風に飛ばされ、一瞬で夜の闇に溶けてしまうくらい夏目の声は小さい。それでも確かに、秋吉は夏目の告白を聞き止める。声はただの空気の振動でしかないはずなのに、耳から火の粉でも舞い込んだ気分になって、靴の中で爪先だけが慌てふためいた。

羞恥が勝ってしまうのか夏目はなかなか本心を明かしてくれないので、思いがけず素直な言葉に心底驚いた。今日に限って何事かと思ったが、夏目がぎゅうぎゅうと自身の耳を引っ張っているのを見て我に返る。

（……全部嘘にするつもりか）

きっと夏目は、いよいよ秋吉が動揺を隠せなくなったところですべての種明かしをするつもりなのだろう。そして、これまで口にした言葉のどれが嘘でどれが真実か、うやむやにしてしまうに違いない。

『人の癖なんて勝手に盗み見るからこういうことになるんだよ！』

落胆する秋吉を見下ろし、勝ち誇った顔で高笑いする夏目の顔が目に浮かぶ。

そんなふうに今のセリフをなかったことにされてしまうのは非常に惜しく、秋吉はかなり本気で対策を練る。

慌ただしく脳内会議を終えた秋吉は、柵から身を離して夏目と向かい合った。そしてまだ耳を引っ張ったりつねったりしている夏目を、横から全身で抱きしめる。

まったくの不意打ちだったのか、ひっ、と夏目が悲鳴じみた声を上げた。

「な…っ…なん、なんだ急に！」

「ありがとうございます。夏目先輩にそんなふうに言ってもらえるなんて、本当に嬉しいです」

腕の中で、夏目が一瞬硬直した。秋吉の反応が想定していたものと違ったからだろう。秋吉の胸に半身を押しつけた格好で、夏目がこれ見よがしに自身の耳を引っ張る。だが秋吉は一切それに反応せず、前より強く夏目を胸に抱き込んだ。

「好きですよ、夏目先輩。こんなことで先輩がそんなに喜んでくれてたなんて……」

「いや、秋吉、ちょっと」

夏目が何度も自分の耳を引っ張る。腕の中から、この意味がわかるだろうと訴えるような視線を送ってきたが、秋吉はそれも無視した。あの言葉を、そう簡単に嘘にさせる気はない。

「この先もずっと、大事にしますから」

「だから……待てって！」

大慌てで秋吉の胸を押し返す夏目を一層強く抱きしめ、秋吉は夏目の顔を覗き込む。

「もしかして、さっきのセリフは冗談ですか？」

あまり表情を作るのは得意ではないのだが、このときばかりは眉尻を下げ、心底残念そうな顔で尋ねてみた。

夏目は良心をチクチクと刺激されたのか一瞬逡巡《しゅんじゅん》するような表情を浮かべたものの、良心ごと振り払うかのごとく全力で秋吉の胸を押しのけた。

「冗談に決まってんだろ！　思ってねぇよ、そんなこと！」

一声叫んで秋吉から一歩身を引いた夏目は、決して自分の耳に触らない。

けれど、夏目は知らない。

自分が嘘をつくときにとる行動が、ひとつだけではないことを。

薄暗い屋上で、バックライトをつけるのも忘れて腕時計に視線を落とした夏目を見て、秋吉は堪えきれず声を立てて笑った。

珍しく声まで上げて笑う秋吉を見て、夏目が驚いたように目を丸くする。その顔がやけに幼くて、田島に釘を刺されていたのに、指摘せずにはいられなかった。

「嘘ですね」

言いきってやると、夏目の瞳が一層大きく見開かれた。なんで、と唇の動きだけで呟いた夏目を見ていたらじっとしていられず、秋吉は両腕を伸ばして再び夏目を抱きしめる。今度は夏目が怒鳴っても暴れても、決して離してやらなかった。

夏目の髪に鼻先を寄せ、秋吉は口元に柔らかな笑みを浮かべる。可愛い、と思うが、それだけでは足りない。夏目と一緒にいるとき胸の底からふつふつと溢れてくるこの想いには、一体どんな名前がついているのだろう。

「好きですよ、夏目先輩」

耳元で囁くと、夏目は秋吉の胸に顔を埋めたまま悪態をついてきた。耳の端を、夜目にもわかるほど赤くして。

(なんて言うんだろう、この気持ちは――……)

夏目の髪に頬を押しつけ、秋吉は静かに目を伏せる。

相変わらず、自分の感情を正しく把握することは難しい。言葉にすることも苦手だ。

胸の底から溢れてくるこの温かな感情に、いとおしい、と秋吉が名前をつけられるまでには、まだもうしばらく時間がかかりそうだった。

あとがき

小学校のとき算数のテストで二十点をとってガクガク震えた海野です、こんにちは。あれは何年生のときだったのでしょう。『枝にスズメが三羽止まっていました。新しく五羽やってきて、二羽飛んでいきました。今、木の上には何羽いるでしょうか』みたいな問題があった気がするので．低学年の頃だったのではないかと思うのですが。テスト用紙に描かれていたスズメのイラストが未だに忘れられないくらいの衝撃でした。二十点……。そんな自分が理系大学生のお話を書くことになるとは、人生はわからないものです。

ところで今回はパソコンウィルス云々の部分を現役SEに監修してもらったのですが、初っ端から「大学生にウィルスの駆除なんて不可能」と一刀両断され「データ吸い上げるだけならハードディスクを外せばいい」など思いもかけない解決策なども提示されてしまい、算数のテストで二十点をとったときくらいガクガクしました。もうプロットは通ってしまっているのに……！

一番現実的な方法などを教えてもらったのですが、それだと話が全然盛り上がらないというか、絵的に地味というか……。夜中に延々と話し合い、最後にＳＥが生ぬるい笑顔で言った一言が忘れられません。

「どんなふうに書いたところで、その道に精通した人間が読んだらなんか言うって」

だからもう諦めろ、みたいな感じでしたが諦めきれず、ＳＥがガチで嫌そうな顔をするまでいろいろ粘ったのが思い出深いです。

そんなお話のイラストを担当してくださったイシノアヤ様！　ありがとうございます！　夏目は可愛いし（本文ではあんなに扱いづらい奴だったのに！）秋吉は格好いいしで（群衆に埋没するほど地味な男だったのに！）嬉しさ爆発です！

そして末尾になりますが、この本を手に取ってくださった読者の皆様。本当にありがとうございます。好きなことや馬鹿なことに熱中する男子学生たちの、覚束ない恋愛を楽しんでいただけましたらこれ以上の幸いはありません。

それではまた、どこかで皆様にお会いできることをお祈りして。

海野　幸

海野幸先生、イシノアヤ先生へのお便り、
本作品に関するご意見、ご感想などは
〒101-8405
東京都千代田区三崎町2-18-11
二見書房　シャレード文庫
「隠し事ができません」係まで。

本作品は書き下ろしです

CHARADE BUNKO

隠《かく》し事《ごと》ができません

【著者】海野幸《うみのさち》

【発行所】株式会社二見書房
東京都千代田区三崎町2-18-11
電話　03(3515)2311[営業]
　　　03(3515)2314[編集]
振替　00170-4-2639
【印刷】株式会社堀内印刷所
【製本】ナショナル製本協同組合

落丁・乱丁本はお取り替えいたします。
定価は、カバーに表示してあります。

©Sachi Umino 2015, Printed In Japan
ISBN978-4-576-15105-2

http://charade.futami.co.jp/

CHARADE BUNKO

スタイリッシュ&スウィートな男たちの恋満載

海野 幸の本

別れた端から、会いたくなった。

束の間の相棒

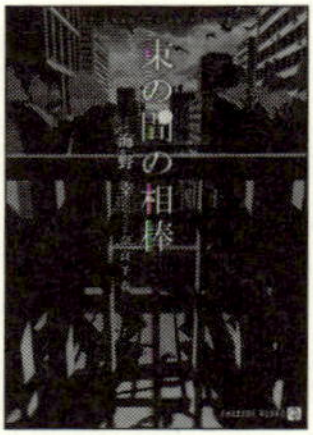

和希が潜入捜査で出会った組の稼ぎ頭〝サエキ〟は、かつて警察官になる夢を語り合った元同級生の百瀬だった。熱っぽく更生を訴える和希を百瀬は口づけて封じてくるが…。

イラスト＝奈良千春

神様の前では手も繋いでもらえませんか？

初恋の神様

実家の神社で働く環は、向かいにできたチャペルの神父・エリオに一目惚れ。しかし戒律を厳しく守る神父に同性愛はご法度で——。聖職者同士の禁断の恋♥

イラスト＝金 ひかる

CHARADE BUNKO

スタイリッシュ&スウィートな男たちの恋満載
海野 幸の本

心臓バクバクいってるのは不整脈？

初恋の諸症状

中学卒業間際、久我の側にいると起こる原因不明の病の正体が恋だと気づいたものの、初恋をこじらせたまま製薬会社の研究職に就いている秋人。その久我がなんの前触れもなくMRとして転職してきて!?

イラスト＝伊東七つ生

弱ってるときにつけ込むのは、フェアじゃないですからね

強面の純情と腹黒の初恋

高校教師の双葉は素の状態が剣呑で誤解されやすいタイプ。そんな双葉の下に副担任として梓馬がやってくる。爽やかで人好きする梓馬は実は、「自覚のない素人を開眼させるのが趣味のゲイ」で!?

イラスト＝木下けい子

CHARADE BUNKO

スタイリッシュ&スウィートな男たちの恋満載

海野 幸の本

もしかして課長は……俺のことが好きとか、そういう……？

家計簿課長と日記王子

イラスト＝夏水りつ

ゲイで童貞、極度の倹約家の周平の唯一の趣味は、家計簿をつけること。周平の住む社員寮が火事で焼けてしまい、社内でも屈指のイケメン・営業部の王子こと伏見と同居することになるが——。

瑚條蓮也。四歳です

極道幼稚園

イラスト＝小椋ムク

ひかりの勤める幼稚園にヤクザが立ち退きを要求してきた。断固戦う姿勢のひかりだったが、ヤクザの若社長・瑚條に気に入られてしまう。その上瑚條が記憶喪失&幼児退行というまさかの事態が勃発し!?

CHARADE BUNKO

スタイリッシュ&スウィートな男たちの恋満載

海野 幸の本

……嫌じゃないんだろ？

この味覚えてる？

パティシエの陽太と和菓子職人の喜代治は幼馴染み。高校三年の冬、些細な喧嘩が元で犬猿の仲になり早五年。商店街の目玉スイーツの制作を依頼された陽太は喜代治と共同制作をすることに…。

イラスト＝高久尚子

俺を幸せにしたいなら、ずっと俺の側にいろ

遅咲きの座敷わらし

見た目二十歳で、これまで人を幸せにした実績のない遅咲きの座敷わらし・千早。新しくアパートの住人になった大学院生の冬樹の身の回りの世話をしつつ、彼の幸せをひたすら祈る千早だが…。

イラスト＝鈴倉 温

CHARADE BUNKO

スタイリッシュ&スウィートな男たちの恋満載

海野 幸の本

お前の小説読みながら、ずっとお前のことばっかり考えてた

純情ポルノ

イラスト＝二宮悦巳

二十五歳童貞、ポルノ作家の弘文は、所用で帰郷し幼馴染みの柊一に再会。ずっと片想いしていた柊一を諦めるため故郷を離れた弘文。だが引っ込み思案な弘文は、柊一から何かにつけて世話を焼かれ…。

毒舌ドSツン弟子×天然ドジッ子教授

理系の恋文教室

イラスト＝草間さかえ

容姿端麗・成績優秀。学内のあらゆる研究室から引く手あまたの伊瀬君が、なんの間違いか我が春井研究室にやってきた。おかげで雑用にもたつく私は伊瀬君に叱り飛ばされ、怯える日々。しかし――。